De volta aos quinze

BRUNA VIEIRA
Série MEU PRIMEIRO BLOG

De volta aos quinze

ROMANCE

3ª edição

GUTENBERG

Copyright © 2013 Bruna Vieira
Copyright © 2013 Editora Gutenberg

Todos os direitos reservados pela Editora Gutenberg. Nenhuma parte desta publicação poderá ser reproduzida, seja por meios mecânicos, eletrônicos, seja via cópia xerográfica, sem a autorização prévia da Editora.

EDITORAS RESPONSÁVEIS
Rejane Dias
Alessandra J. Gelman Ruiz

ASSISTENTES EDITORIAIS
Carol Christo
Felipe Castilho

PREPARAÇÃO
Cecília Martins

REVISÃO
Kátia Halbe

CAPA
Diogo Droschi

ILUSTRAÇÃO
Mariana Valente

DIAGRAMAÇÃO
Christiane Morais

Dados Internacionais de Catalogação na Publicação (CIP)
(Câmara Brasileira do Livro, SP, Brasil)

Vieira, Bruna
  Trilogia meu primeiro blog: de volta aos 15 / Bruna Vieira. -- 3. ed. -- Belo Horizonte : Editora Gutenberg, 2014.

  ISBN 978-85-8235-079-9

  1. Literatura juvenil I. Título.

13-06247   CDD-028.5

Índice para catálogo sistemático:
1. Literatura juvenil   028.5

A **GUTENBERG** É UMA EDITORA DO **GRUPO AUTÊNTICA**

São Paulo
Av. Paulista, 2073, Conjunto Nacional, Horsa I, 23º andar, Conj. 2301
Cerqueira César . 01311-940 . São Paulo . SP .
Tel.: (55 11) 3034 4468

Belo Horizonte
Rua Aimorés, 981, 8º andar . Funcionários
30140-071 . Belo Horizonte . MG
Tel.: (55 31) 3214 5700

Televendas: 0800 283 13 22
www.editoragutenberg.com.br

The only person you are destined to become is the person you decide to be.
Ralph Waldo Emerson

Para mamãe, que emprestou um lugar no seu sofá novo e me deixou lá quietinha por dias enquanto eu escrevia algumas das páginas deste livro.

Para meus leitores, que se contentaram com os posts antigos do meu blog enquanto eu me dedicava integralmente aos personagens desta história.

Para os amigos, que continuaram me chamando para sair, mesmo depois de passar um mês inteirinho trancada no meu apartamento sem nem responder à maioria das mensagens.

E eu achava que não fazia falta para ninguém!

Agradecimentos

A Rejane Dias, por ter me introduzido no mundo literário, por realizar um dos meus maiores sonhos e ser sempre tão gentil. A Margareth Cordeiro Franklin, por ter sido uma excelente professora de história e ter feito aquela indicação na hora certa. A Ícaro Rocha, por me entender, como pouquíssimas pessoas no mundo. A Ariane Queiroz de Freitas e a Bárbara Regina, por aguentarem todo o meu drama nos piores dias. A Paula Buzzo, por me fazer acreditar nas amizades verdadeiras mais uma vez. A Gabriel Simas, por me fazer amar esta cidade.
  A Alessandra J. Gelman Ruiz, por ser uma editora incrível e ter me guiado no desafio de escrever um romance – eu não teria conseguido sem você. A Willian Vieira, por me fazer me sentir tão especial quando eu era só uma menininha de óculos e ainda deixar tantas lembranças boas. A Terezinha Dias, por ter dedicado tanto tempo de sua vida na minha criação. A minha dupla de Mauros, por serem os verdadeiros caras da minha vida. A Regina Spektor, por me inspirar com suas doces canções.
  A Deus, por não me deixar perder a sensibilidade, mesmo depois de mergulhar de cabeça no mundo dos adultos.

Prólogo

No labirinto das opções, no abismo das escolhas, enfim, o salto livre das consequências.

Um amigo me disse que somos o resultado da soma de todas as nossas escolhas. Das menores, que fazemos até sem perceber, e também das maiores, que exigem mais de nós, aquelas que nos roubam o sono e fazem a tarde de domingo parecer um labirinto sem fim. Segundo essa mesma teoria, nascemos todos iguais e, durante a vida, enfrentamos coisas um tanto parecidas: a morte dos nossos pais, o problema com os garotos imaturos no colégio, um amor não correspondido durante a faculdade ou, quem sabe, a demissão inesperada do emprego dos sonhos. Não necessariamente nessa ordem.

O que nos diferencia uns dos outros, disse meu amigo, é basicamente a maneira como lidamos com cada situação. As atitudes que tomamos moldam nosso futuro, descartando assim qualquer possibilidade de existência de um destino predefinido, como dizem as revistas. O que é seu, se realmente for seu, será. Mas, para isso acontecer em algum momento da história, você terá de fazer a escolha certa, no momento certo, e aceitar as consequências. E quer saber? Elas podem ser uma droga.

Teoricamente, então, seu futuro ainda não é completamente seu.

Independentemente de qual for o desafio do momento, alguém já o enfrentou antes; portanto, nunca é o fim do mundo. Na verdade, é o início de outro. Ciclos começam e terminam o tempo todo. Nós é que perambulamos entre eles tentando encontrar um lugar seguro para ficar. Um lugar em que nos aceitem exatamente como somos. Até mudarmos de opinião e precisarmos fazer as malas para um outro lugar.

Passamos a vida assim, nos adaptando ao mundo. Acumulando pessoas e histórias que um dia vamos contar para alguém. Mas, e se, por um segundo, pudéssemos fazer o caminho inverso? Ler nossa própria história e escrevê-la novamente? Ontem, com a cabeça de hoje. Será que isso resolveria? Seria essa a fórmula da felicidade? A solução de todos os nossos problemas?

Eu queria saber.

1

Aos 30 anos, percebi que eu era exatamente a mesma pessoa de antes. Aos 30, percebi também que as pessoas ao meu redor não esperavam que eu fosse assim.

Sonhos e pesadelos começam exatamente do mesmo jeito. Em um determinado momento, você percebe que as coisas ao seu redor se transformaram. Então, não consegue mais se lembrar de como chegou até ali. Coisas maravilhosas e assustadoras podem acontecer a qualquer momento. Ainda é sua perspectiva da história, mas, de alguma maneira, você sente que aquele lugar não é seu. Antes que alguma coisa faça algum sentido de verdade, você desperta com um beliscão ou com o barulho de sempre do velho despertador. É hora de acordar para mais um dia, que você provavelmente esquecerá em algumas semanas. Bom, no meu caso, talvez isso não aconteça. Afinal de contas, não é todo dia que sua irmã se casa com o príncipe encantado. Que, não por acaso, é dono da floresta inteira e tem a coleção toda da Abercrombie no guarda-roupa.

Era manhã do dia 7 de fevereiro de 2015, um sábado abafado de verão. Passei a última madrugada dentro de um ônibus com ar-condicionado, o que significa que minha garganta estava péssima. Como de costume, antes da viagem até

Imperatriz, minha cidade natal em Minas Gerais, tomei um Dramin, o que me fez adormecer logo nos primeiros minutos do trajeto. Nós nem mesmo havíamos saído do trânsito insuportável de São Paulo.

Eu poderia ter comprado uma passagem de avião, se fosse responsável e não tivesse deixado para resolver tudo na última hora. Você sabe: férias, alta temporada, quase Carnaval, e as empresas aéreas achando que faço milagres com o meu salário. Sem chance. Prefiro gastá-lo comprando um sofá novo para a sala. *Droga!* Quando foi que minha vida se tornou tão chata a ponto de minhas maiores aquisições serem coisas para a casa?

– Acorda! – gritou minha mãe. – Você não pode se atrasar como sempre faz. Hoje, só sua irmã Luiza tem esse direito, filhota! Um dia será a sua vez!

Normalmente, as mães sonham em ver suas filhas bem, realizadas, independentes, viajadas ou qualquer coisa que as faça felizes. A minha sempre foi diferente. O que ela quer é que sejamos o centro das atenções. Certamente, sou sua maior frustração.

Eu tinha aproveitado as primeiras horas da manhã, depois de chegar de viagem, para dormir mais um pouquinho e não aparecer com lindas olheiras no casamento, e não estava nem um pouco interessada em ser a primeira da festa.

– Não ligo de ser a última da fila das madrinhas. Meu vestido não é o mais bonito. Aliás, ele nem deve estar fechando mais. – respondi, enquanto me lembrava da sacola de guloseimas que comprei e devorei durante a primeira parada do ônibus.

– Não fale bobagem. Em trinta minutos volto para te ajudar com a maquiagem. Tome banho e vista o roupão que está pendurado na porta do banheiro! – ela decretou, com ar de autoridade, e logo saiu andando, distribuindo ordens para os empregados e provavelmente para qualquer outro ser que respirasse e entrasse no roteiro criado em sua mente antes de sair da cama. Como ela consegue ser assim? Ou melhor, como aguentei por tanto tempo?

Levantei e fui logo abrindo a enorme janela do quarto. Estávamos todos hospedados em um sítio chamado Santa Amélia, próprio para festas, onde o casamento de minha irmã aconteceria. A família do noivo era dona de boa parte dos terrenos que ficam em volta da cidade. Por isso, resolveram fazer a cerimônia e a festa ali mesmo. Minha irmã sempre sonhou com um casamento de princesa. Aquele seria, então, seu próprio conto de fadas se tornando realidade.

Abri o chuveiro e senti a água fria tocar minha pele, parte por parte, até todo o meu cabelo estar molhado e eu começar a desejar que aqueles minutos durassem horas. Fechei os olhos e comecei a pensar nas coisas que estavam entaladas na minha garganta. Quando você está se sentindo mal há tanto tempo, às vezes nem consegue mais se lembrar dos verdadeiros motivos.

Listei mentalmente, enquanto espalhava xampu nos cabelos, o que tanto me afligia: meu emprego como secretária era uma droga. Eu sentia cada vez menos vontade de sair de casa e encarar aquelas pessoas. Era tudo tão monótono! Papelada, telefonemas intermináveis, reuniões agendadas... Meu chefe era um cara legal, mas gastar tantas horas do meu dia com tudo aquilo fazia com que meus anos de faculdade de administração, aguentando provas e colegas de classe bêbados na maior parte do tempo, parecessem ter sido totalmente em vão.

Minha vida amorosa era um verdadeiro desastre. Nunca apresentei alguém para os meus pais, e isso os levava até a duvidar da minha orientação sexual. Os rapazes que conheci durante os últimos anos não conseguiram prender minha atenção por muito tempo. No começo, eu até ficava empolgada com os joguinhos de conquista, mas depois, todo o romance já concreto não passava de mera obrigação. É sempre a mesma história. Deixo de sentir aquela empolgação instantânea, sabe? Como se já soubesse o final antes mesmo de começar. Às vezes, acho que maturidade tem um pouco a ver com o tempo que levamos para gostar de alguém e confiar nessa pessoa. Eu não conseguia mais fazer isso logo de cara.

Também havia o problema com o lugar em que eu morava. A proprietária do apartamento simplesmente decidiu que não ia querer renovar o contrato do aluguel. Ou seja, eu teria de encontrar um lugar para morar no próximo mês. Eu e Catarina, a gatinha preta que adotei logo que me mudei para São Paulo.

Estava totalmente fora do ar quando ouvi um barulho na porta do quarto. Desliguei o chuveiro e consegui ouvir o que estavam dizendo. Era minha mãe, já sem paciência, pedindo para que eu abrisse a porta.

– Eu disse que não era para você demorar, Anita! Todos já estão quase prontos e você ainda nem deve ter se trocado. Abra logo para eu te ajudar com o vestido!

Não importa quanto tempo passe, sua mãe vai sempre achar que você não é capaz de se virar sozinha. Talvez ela tenha um pouco de razão.

Abri a porta, já vestida com o roupão, e desabafei:

– Não sei se o vestido ainda vai servir. Eu o experimentei faz tanto tempo... – disse, enquanto abria o fecho do saco plástico que envolvia a roupa. Era azul-marinho e tinha um decote nas costas, justinho e longo, com alguns bordados no busto. Devia ter custado mais que todo o meu salário, mas como o aluguel foi pago pelo noivo, nem me importei. Meses antes, o modelo parecia perfeito, mas agora...

– Só mais um pouquinho. Prenda a respiração, querida. – E então, olhando para o reflexo no espelho e finalmente fechando o zíper, ela disparou: – Está linda! Os rapazes vão ficar de boca aberta!

E achava bom que eu ficasse de boca fechada porque, juro, se eu comesse um daqueles docinhos com uva dentro, deliciosos por sinal, o vestido abriria e eu seria o centro das atenções. Mas não exatamente como minha mãe esperava.

Encostei a porta e reparei pela primeira vez na vista da janela. A luz do sol iluminava o quarto inteiro. Lá fora, havia um mar de árvores, pássaros cantando e uma tranquilidade que eu praticamente desconhecia. Senti o vento bater e respirei fundo, tentando me convencer de que faltavam apenas mais algumas horas de encenação.

Foi-se o tempo em que eu me sentia à vontade voltando para esta cidade, pensei.

Calcei o sapato de salto alto, peguei minha carteira prateada que estava em cima da escrivaninha, coloquei nela o batom, um analgésico e um absorvente. Por último, abri a mala e peguei minha velha companheira: uma câmera fotográfica semiprofissional da Canon.

Quando estava no alto da escada, percebi uma pequena multidão. Gostaria que os desconhecidos fossem só da família do noivo, mas pelo volume da conversa, percebi que eram todos parentes meus. Pelo menos, eles já não comentariam sobre o quanto eu cresci e virei uma mocinha, como aconteceu até meus 18 anos, quando meus peitos pararam de crescer e eu não tive mais tempo livre para participar daquelas tribos.

Eram muitos tios e primos, alguns deles eu não encontrava havia bastante tempo. As espinhas se foram, alguns quilos apareceram e muitos cabelos mudaram de cor. Na infância, eles eram minha principal referência de afeto. Agora, eram adultos com suas próprias vidas e problemas. Se não fossem as fotos do Facebook, talvez eu nem reconhecesse a maioria, admito.

– Olhe se não é a Anita, a parente que foi embora e esqueceu da gente! – disse um tio chamado Carlos, ainda com aquela velha mania de tentar ser engraçado e brincar com rimas.

– Que nada! – sorri, tentando disfarçar a reprovação embutida no comentário. Desci o último degrau da escada e, ainda com o sorriso congelado, cumprimentei um a um.

Avistei então minha prima do outro lado da sala.

Carolina estava usando um vestido verde de cetim com um laço na cintura. Ela sempre foi minha parenta mais chegada. Temos idades próximas, então crescemos gostando praticamente das mesmas coisas. Na última vez em que a vi, ela não estava tão magra e pálida. Até pensei em perguntar o motivo, mas me lembrei de que já não tínhamos mais tanta intimidade.

– Oi, Carol! Que vestido lindo! – Foi o modo que achei de quebrar o gelo.

– Obrigada, Anita, fui eu mesma que fiz! – ela disse, sorrindo.

Carol sempre gostou de moda. Desde criança levava jeito para a coisa. Teria se tornado uma grande estilista ou algo do tipo se não tivesse se casado e engravidado tão cedo.

– Da próxima vez, ligo antes para você fazer um parecido para mim, só que tamanho 42 – brinquei, olhando para baixo, enquanto analisava minha cintura.

– Será um prazer. Eu ainda adoro costurar. É quando me lembro daqueles bons anos. Você deve imaginar que as crianças não me deixam tanto tempo livre hoje em dia.

– Imagino! Falando nisso, onde elas estão? – perguntei, olhando em volta.

– Brincando por aí – ela disse, tentando parecer despreocupada.

– Ótimo! Então, sorria para uma foto – falei enquanto ligava a câmera.

Procurei o melhor ângulo para enquadrá-la. Com uma mão na cintura e a outra segurando uma bolsa enorme que parecia estar cheia de itens do bebê, Carol sorriu e fez pose para a foto. Cliquei mais uma vez, para ter certeza de haver capturado uma boa foto.

– Ficou linda! – exclamei, mostrando o resultado no visor.

Carolina sempre foi minha prima mais bonita e extrovertida. Não precisava de maquiagem, secador ou horas na academia para ter o cabelo, o corpo e a pele mais perfeitos. Mesmo tendo envelhecido mais do que deveria nos últimos anos, criando três filhos, ela continuava inacreditavelmente bonita.

– Você deveria trabalhar com isso. Dia desses, encontrei algumas fotos que tiramos há alguns anos e me surpreendi com o seu bom gosto – ela disse sorrindo.

– Gosto muito de fotografar. Mas isso, infelizmente, nunca me deu dinheiro de verdade, né? Alguém precisa pagar minhas contas no final do mês.

Antes que eu pudesse terminar a explicação, notei que o Eduardo, o marido da Carol, se aproximava e colocava a mão em sua cintura.

– Que honra! Temos uma convidada especial no casamento – disse ele com um sorriso forçado e em um tom meio irônico.

– Existe uma lei: quando sua irmã se casa, você tem de aparecer – respondi também meio sarcástica.

– Mesmo quando você queria estar no lugar dela? – ele não perdeu a chance de me cutucar.

– Dudu, pare de falar besteiras – Carol o interrompeu, tentando aliviar a tensão da conversa.

– Não ligo, Carol, relaxa! Você e eu sabemos muito bem que tudo isso não tem absolutamente nada a ver comigo. Casar é o último item da minha lista.

– Que, pelo jeito, ainda está inteira com pendências. Ainda está naquele emprego, querida? – ele alfinetou, balançando de leve o copo de uísque em uma das mãos.

Eduardo era uma das pessoas mais arrogantes que eu conhecia. Sempre foi assim, mas com o passar dos anos parou de disfarçar quando estava perto das outras pessoas. Ele foi um dos motivos de eu ter me afastado da Carol na nossa adolescência.

– Isso não é da sua conta – eu disse, encarando-o firmemente.

Naquele instante, duas crianças começaram a gritar e a correr entre os convidados. Uma chorava tão alto que, por alguns instantes, pensei que o vidro da janela estivesse correndo perigo de estilhaçar.

– Papai, a Júlia não quer me deixar brincar com o celular novo dela – resmungou a loirinha.

– É meu. Por que eu tenho de emprestar? Ela vai quebrar, e vocês não vão me dar outro – gritou Júlia, com uma voz estridente.

– Parem já com isso, crianças! Será que vocês não conseguem ficar um minuto sem brigar? Vão estragar o vestido e o penteado. Aliás, não sejam mal-educadas e digam oi para a tia de vocês.

Maria e Júlia então me cumprimentaram, e foram para fora da casa de cara feia. As duas estavam lindas, usando vestidos brancos rodados, feitos de várias camadas de tule. Eram as daminhas do casamento.

– Essas crianças! Tão desobedientes! Isso tem a ver com o sangue de vocês – resmungou Eduardo, e saiu logo depois, pisando duro e olhando ao redor, como se estivesse procurando alguma coisa, um garçom, mais bebidas.

– Me desculpe pelo Dudu, viu? Ele está muito nervoso ultimamente – minha prima estava sem jeito.

– Tudo bem. Já me acostumei com ele. Não esperava ouvir algo diferente disso. Além do mais, são só algumas horas – a tranquilizei, olhando para meus sapatos sem saber mais o que dizer.

– Ele é uma boa pessoa.

– É, ele é muito bom. Bom em ser um idiota – não consegui me conter. Contei até dez mentalmente, respirei fundo e segui em frente, me sentindo um pouco mal por toda aquela situação.

Por mais que eu não quisesse estar ali, fui obrigada a admitir: capricharam em cada detalhe da decoração. Tudo estava lindo, com cortinas de seda, enormes lustres de cristal e velas acesas por toda parte. Olhei em volta mais uma vez e percebi que os convidados estavam se movimentando para fora da casa. Pelo jeito, a cerimônia do casamento estava prestes a começar.

No jardim, uma fila começou a se formar. Enquanto a maioria das pessoas caminhava até seus respectivos lugares, me aproximei e me dirigi a um rapaz de terno escuro, que estava de costas, apoiado em uma coluna envolvida por pequenas flores amarelas, perto do corredor entre as cadeiras.

– Desculpe! Os padrinhos da noiva devem ficar nesta fila? – perguntei a ele, supondo que fosse também um dos padrinhos.

Antes mesmo de receber a resposta, senti um perfume estranhamente familiar, o que fez meu coração dar pequenos saltos dentro do peito. Eu definitivamente conhecia aquele cheiro.

– Sim, senhorita! – ele respondeu, se virando para mim.

Encarei-o por alguns instantes, mal conseguindo acreditar no que estava vendo. Era bom demais para ser verdade! Era bom demais para acontecer comigo! Meus olhos percorreram seu rosto e seu corpo. Pisquei com força só para ter certeza de que não era alucinação. Mas era mesmo ele.

Sim! Sim! Sim! Aquele indivíduo que estava parado bem na minha frente era *o meu melhor amigo!*

– Henrique! – gritei entusiasmada, como se não houvesse ninguém por perto.

Ele estava igual à última vez que o vi, alguns anos antes de ele ir morar fora do país: cabelos escuros, levemente encaracolados, o queixo e o nariz finos, o que tornava seus traços delicados, mas nem tanto. As mesmas bochechas rosadas, a pele lisa, sem nenhum sinal de barba. Os óculos pretos de grau, com armação bem grossa, eram novidade, e davam a ele um ar meio nerd, mas muito charmoso. Ele estava usando um terno preto que parecia ser um tamanho maior do que deveria. Ou talvez fosse só impressão minha, já que seus braços e suas pernas eram bem finos e talvez não existisse uma numeração menor na loja. De uma coisa eu tinha certeza: aquele traje não tinha absolutamente nada a ver com ele. Pelo menos até onde eu o conhecia.

Ele se aproximou de mim com um sorriso estonteante e me deu um abraço de urso.

– AI-MEU-DEUS! Quando foi que você chegou? Por que ninguém me avisou que você viria? Por que você não me falou? Eu te odeio, seu idiota! – suspirei aliviada. Até que aquele não seria um dia tão ruim assim.

– Era para ser surpresa, oras! Além do mais, não nos vemos há muito tempo e até os últimos minutos eu não tinha certeza se eu realmente conseguiria embarcar. Se eu te decepcionasse mais uma vez, com certeza você me odiaria para sempre.

Eu não o via pessoalmente desde que ele se mudou definitivamente para a França, havia alguns anos, para fazer mestrado em Música. Henrique viajou inicialmente para ficar alguns meses, estudando, mas acabou arrumando um bom emprego como professor e se mudou de vez.

Foi uma das épocas mais complicadas da minha vida. Não cheguei a consultar um psicólogo, mas tenho absoluta certeza de que, por alguns meses, estive em depressão. Não contei para ninguém porque, óbvio, não entenderiam e diriam que sou uma adulta imatura, que não consegue lidar com perdas. Além do mais, se eu contasse para o Henrique – afinal, ele era meu melhor amigo –, isso poderia fazer com que ele se sentisse culpado e talvez até não aceitasse a proposta de ir para Paris. E é claro que eu não queria que isso acontecesse.

– Você é inacreditável! E eu achando que este casamento seria um saco! – respirei bem fundo, deixando escapar um leve sorriso.

– Não diga isso, vai! Sua irmã está muito feliz. E, só para te deixar alegre, ela me enviou um e-mail contando do casamento e me convidando para ser padrinho com você. Eu já queria vir havia algum tempo, então juntei as duas coisas e cá estou eu – ele disse, apontando para si mesmo.

Aquela era mais uma surpresa. Não sabia que minha irmã se importava tanto assim comigo e com meus sentimentos. Tá bom. Quando ela me disse que já tinha convidado alguém para fazer par comigo, sem me contar quem era, pensei que ela só estivesse me impedindo de trazer algum dos meus "pretendentes" da capital para estragar sua festinha.

– Você precisa me contar tanta coisa... – eu disse, enquanto enganchava meu braço no dele.

– Bom, como eu te falei pelo Facebook, o emprego vai bem. Cada vez me apaixono mais pela cultura europeia. Pego um trem e conheço um novo país a cada final de semana. Aliás, preciso te mostrar alguns vídeos que fiz dos meus alunos tocando. Eles são incríveis! Como você já sabe, agora que terminei o mestrado tenho mais tempo livre. Aquele meu convite para você passar as férias lá ainda está de pé, viu? – ele me fitou com a expressão séria.

Se eu ganhar na loteria, quem sabe eu vou, pensei.

– Ah, sim, claro. Ainda estou pensando na melhor data. Não é tão simples conseguir folga lá na empresa. Cada vez é mais trabalho – tentei justificar.

– Não me venha com as mesmas desculpas de sempre. Faz tempo que você promete e nunca aparece. Até sua irmã já me disse que vai passar as próximas férias lá. Pena que já compraram a viagem de lua de mel na Itália.

– Pois é! Aí eu encontraria um jeito de me enfiar na mala e embarcar com eles. Bom, teria de ser uma mala *beeem* grande – eu disse, rindo e esticando meus braços na horizontal, chamando mais atenção do que pretendia.

Henrique então riu alto e me abraçou, confessando que sentia muita falta dos meus exageros. Isso me fez perceber que havia meses que eu não fazia ninguém rir daquele jeito. É como se ele tivesse o dom de trazer de volta meu bom humor e minha vontade de viver e levar alegria aos outros.

– Será que tem comida neste casamento? Nem consigo descrever a saudade que sinto de comer arroz e feijão quentinhos.

– Então você sente mais falta do arroz e do feijão que dos amigos? – brinquei.

– Claro que não, bobinha! – ele disse, me abraçando de lado, apertando forte meu ombro com a mão.

Conversamos por mais alguns minutos até que deram o sinal para a entrada dos padrinhos. A cerimônia inteira durou cerca de uma hora e meia, e minha mãe chorou durante cada segundo. Senti um pouquinho de vergonha, para falar a verdade. Ninguém se manifestou naquela parte em que o padre diz "diga agora ou cale-se para sempre". Ainda bem, pois seria uma vergonha ainda maior. Na saída, jogamos arroz nos noivos, mas não só neles, como todos os outros convidados fizeram. Jogamos um no outro também, de farra, para matar a saudade de nossas brincadeiras.

Passaram-se só alguns minutos, e nós já estávamos sentados ao redor de uma das mesas redondas que foram espalhadas pela grama. Em cima de cada uma delas havia um vaso dourado com rosas vermelhas. Ao som de "Whisky A Go Go", do Roupa Nova, banda dos anos 80, voltamos a conversar.

Algumas amizades independem do tempo ou da convivência. Às vezes, o que nos aproxima das pessoas é o simples fato de confiarmos plenamente nelas. Eu e o Henrique nos conhecemos na faculdade e, mesmo com a distância atual, mantínhamos nossa amizade e admiração, e a internet de vez em quando nos salvava e ajudava a diminuir a saudade. Mas reencontrá-lo trazia a sensação de que nunca estivemos longe um do outro. Já não gostávamos do mesmo estilo musical, nem do mesmo restaurante. Também não compartilhávamos a melhor viagem das nossas vidas, mas conhecíamos tanto um ao outro que éramos incapazes de fazer qualquer julgamento. E isso era o mais importante.

Minha mãe então nos interrompeu ao pedir a atenção de todos para anunciar a chegada dos noivos, que iriam cumprimentar os convidados. Vi minha irmã radiante se aproximar da mesa ao nosso lado, para cumprimentar os familiares. Ela havia trocado de vestido, para um mais prático de se movimentar, sem véu. Era lindo também, com aplicações nas alças.

— Ela parece estar muito feliz — Henrique disse, observando a mesa ao lado.

— Sim. Eles namoram faz muito tempo, né? — concordei.

— Não. Eu estava falando da sua mãe — ele me fitou.

Me virei e notei que minha mãe estava grudada na Luiza como um carrapato. Sem sombra de dúvidas, para sair em todas as fotos.

— Não se preocupe. Às vezes até eu confundo de quem é o casamento — retruquei.

— Não exagere, Anita. Eu só não a vejo assim desde que... Você sabe.

— É — digo, tentando disfarçar o quanto me lembrar daquele assunto ainda me deixava triste.

— Desculpe — Henrique desviou o olhar, totalmente sem graça.

— Imagina! Tudo bem. Você não fez absolutamente nada — tranquilizei meu amigo, e ficamos em silêncio por alguns instantes.

— Henrique, preciso ir ao banheiro. Me dá licença um instante? — me levantei, tentando me equilibrar no salto, andando em passos curtos pelo caminho com pequenas pedras que ia até a porta de uma das casas do sítio.

Olhei para trás e tive uma visão panorâmica da festa. Tudo ali lembrava meu pai, que não me saía da cabeça. E pensei em como eu seria mais feliz se ele estivesse ali. Mesmo depois de tantos anos, meu coração ainda ficava apertado quando me lembrava da morte dele, principalmente em uma ocasião como aquela. Era impossível não imaginar como tudo seria diferente se ele ainda estivesse ao nosso lado. Ao *meu* lado.

Abri a porta do banheiro e escutei alguém chorando bem baixinho. O som vinha de um dos reservados. Empurrei a porta de cada um deles até chegar ao último, onde me deparei com a Carol, sozinha, sentada sobre a tampa do sanitário com as mãos no rosto, soluçando.

— Meu Deus! O que aconteceu com você? — eu disse, enquanto a segurava pelos braços e tentava levantá-la. Tirei a câmera do pescoço, pus em cima da pia e joguei meus sapatos de salto longe. Já fora do reservado, sentei-a no banco que havia ao lado das pias, fiquei junto dela e dei um abraço bem apertado. Ela apenas chorava.

— O que aconteceu? Foi aquele idiota? — disse a primeira coisa que me veio à cabeça enquanto tentava, com os dedos, limpar as lágrimas pretas de rímel que escorriam dos olhos dela. — Vai borrar toda a sua maquiagem desse jeito.

— Não foi ele, e ele não é um idiota. Só não estou me sentindo muito bem. É... cólica — disse ela, pressionando o abdômen com as mãos.

— Não minta para mim — retruquei, nervosa e impaciente. — Eu sei que tem alguma coisa errada aqui, e a senhora vai me dizer agora mesmo. Nunca te vi assim nesse estado. Eu só quero te ajudar!

Ela me olhou por alguns instantes e, então, seu semblante mudou completamente.

— Dá para não se intrometer na minha vida? — ela disse devagar, com a expressão séria e um olhar fulminante. — Se tem alguém aqui que precisa de ajuda, esse alguém é você, não eu. Tenho uma família para cuidar. E dá licença! — Ela levantou em disparada para o espelho enquanto tentava limpar o rosto borrado.

— Não seja tão má comigo, Carol. Só estou tentando te livrar desse peso. Você não merece viver as consequências de uma escolha errada pelo resto da vida. Não em pleno século

XXI – eu disse, me aproximando dela para tentar afastar uma mecha de cabelo que caía em seu rosto.
– Ajudar? Só aceito ajuda de quem entende mais desta vida que eu. Vou seguir seus conselhos pra quê? – ela explodiu, parecendo que queria realmente me machucar. – Me diz, Anita, o que você construiu nestes últimos anos? Absolutamente nada. Você só enxerga problemas em mim, como sempre, para não olhar para os seus próprios problemas! É a última vez que vou dizer – e então ela gritou: – me deixa em paz!

Teoricamente, eu sabia que ela estava enganada. Na prática, porém, aquelas últimas palavras me atingiram em cheio, como uma bala, e me feriram profundamente. Meu coração ficou ainda mais apertado. Minhas mãos tremiam de um jeito que eu não conseguia controlar.

Será que eu odeio tanto o marido dela porque sinto inveja? Será que sou mesmo uma pessoa tão ruim e egoísta assim? Algo de muito mau devo ter feito, para minha prima explodir daquela maneira, já que minutos antes ela parecia tão amável..., fiquei pensando, completamente atordoada.

Então, eu estava sozinha no banheiro, sem saber como reagir a tudo aquilo. A pontinha de empolgação que preenchia meu coração pela presença do Henrique na festa desapareceu instantaneamente. Tranquei a porta. Eu estava acabada, descalça, na frente do espelho. Não conseguia mais controlar minhas lágrimas. Elas iam de encontro à pia, uma após a outra, e eu só conseguia observar o reflexo do espelho. Era como se aquelas lágrimas não fossem minhas. Era como se o próprio reflexo não fosse meu.

Depois de alguns minutos, já exausta, suspirei e finalmente fui fazer o que deveria ter feito quando passei pela porta do banheiro, e entrei no reservado. Depois, enquanto lavava minhas mãos, senti falta de alguma coisa. Eu estava segurando algo quando entrei ali. A câmera fotográfica. Virei e a vi no cantinho da pia. Apanhei-a e suspirei aliviada. Não teria grana para comprar outra tão cedo.

Mas eu não queria sair de lá e enfrentar as pessoas, seus sorrisos, suas conversas altas, suas risadas que revelavam que estava tudo bem, que a vida era boa e elas eram felizes. Então, para esfriar a cabeça, decidi olhar as fotos que havia tirado até aquele momento.

Pássaros, caretas, paisagem, maquiagem que fiz para o casamento, alguns convidados e, então, aquela foto que tirei por último, da Carol. Senti uma pontada de raiva, mas ela desapareceu rapidamente quando dei um zoom na foto ao reparar em um estranho hematoma no braço direito dela. *Não pode ser.* Fui para a foto anterior, e naquela o hematoma parecia ainda mais evidente.

Aquilo foi a gota d'água. Eu não iria ficar em silêncio enquanto minha prima chorava escondida por aguentar agressões de um marido daqueles. Saí furiosa do banheiro. Nem conseguia respirar direito. A porta bateu com toda força. Fiquei imaginando a cena mil vezes. Ele, talvez na frente das crianças, gritando e empurrando a Carol contra a parede.

Olhei a multidão e tentei encontrá-lo. Vi o Henrique ainda sentado à mesa, sozinho, olhando algo no celular. Voltei o olhar para a multidão que estava em pé. Próximo ao bar, avistei o Eduardo. Pela primeira vez no dia, não me esforcei para andar como uma *lady*. Tinha coisas mais importantes com que me preocupar. Fiz de volta em poucos segundos aquele mesmo trajeto de pedras, já que estava descalça, e logo cheguei, passando pelo meio de todos os outros convidados, na frente dele.

– Você é um estúpido! Vou ligar agora mesmo para a polícia! – disse, empurrando-o com toda a minha força em direção à mesa de bebidas. – Você não merece estar nesta família. Não merece ter os filhos que tem! – falei gritando e encarando-o firmemente.

Algumas taças se quebraram, e todos os convidados pararam de falar e olharam para mim. Eu não me importava com mais nada. Algo sério estava acontecendo ali e, pela primeira vez na vida, sentia que eu era a única que poderia resolver.

— Do que você está falando, minha filha? — Eduardo falou, segurando minhas mãos e levantando-as para o alto, me imobilizando sem precisar fazer muita força. — O que foi? Esqueceu de tomar seu remédio hoje?

— Mas você é um cínico mesmo! Como minha prima foi se apaixonar por um monstro como você? Eu deveria ter impedido enquanto podia... — berrei, completamente fora de mim e provavelmente vermelha de tanto gritar.

A essa altura, todos já estavam ao nosso redor. Minha mãe gritava e ordenava que eu fosse para dentro da casa. Minha irmã chorava, e Douglas, seu segundo marido, segurava suas mãos. Carol estava ao lado da mesa do bolo, a poucos metros de mim, observando incrédula tudo acontecer. Era como se aquilo fosse um pesadelo a que ela estivesse apenas assistindo e do qual fosse acordar em alguns minutos, já que tudo era apenas fruto da sua imaginação.

Senti alguém me segurar pelos braços e, graças ao perfume, reconheci o Henrique. E uma vergonha enorme começou a tomar conta de cada partezinha do meu corpo, do dedão do pé até a pontinha do fio mais comprido do meu cabelo. As pessoas pareciam ignorar o que eu tinha acabado de descobrir. Mostrei a foto para todos, como uma prova do que eu estava defendendo, mas nada mudou. Era como se gritar feito uma louca no casamento da irmã fosse mais sério que apanhar do marido na frente das crianças. As pessoas falavam sobre o quanto eu precisava de ajuda. Então, tudo começou a escurecer. Eu não conseguia mais respirar direito. Também não conseguia mais entender o que eles estavam querendo dizer. De repente, perdi a consciência.

Apaguei.

* * *

Quando voltei a mim e abri os olhos, percebi que estava sozinha, deitada, enxergando o teto do mesmo quarto em que havia acordado mais cedo naquele dia, só que agora com um vestido de festa. Olhei pela janela e, pela escuridão lá de fora, percebi que já era noite.

Uma sensação horrível preencheu meu peito. Ajoelhei na cama e espiei pela janela para tentar descobrir se a festa havia acabado graças à burrada que fiz ou se os convidados ainda estavam lá. Escutei uma música alta vinda lá de fora e algumas risadas. Tudo parecia estar de volta ao normal, como se nada tivesse acontecido. Ou melhor, como se *eu* não tivesse acontecido.

Me levantei da cama e dei alguns passos até a porta da suíte. Me assustei com o reflexo que vi no espelho. Eu estava realmente acabada. O penteado se desfez e, por causa do laquê, meu cabelo estava um completo desastre. Havia rímel na bochecha, batom no queixo e muita, muita dor de cabeça.

Como as coisas chegaram a este ponto?, me perguntei.

Não senti a mínima vontade de voltar para a festa e me desculpar. Para falar a verdade, eu já não sentia vontade de fazer coisa alguma. Nem o fato de estar mais perto da hora de voltar para São Paulo me animava. Tentei pensar em algo bom, mas aí percebi que nada mais na minha vida me deixaria realmente empolgada.

Eu queria tanto ter uma segunda chance! Queria dar um "ctrl+z" na vida e desfazer algumas ações, para poder mostrar às pessoas quem eu realmente era. O problema é que nem eu sabia muito bem.

Eu não me reconhecia mais. Todos os últimos acontecimentos da minha vida me mostravam que eu havia feito péssimas escolhas. O cara errado. As amigas erradas. O curso errado na faculdade. Eu sentia que havia passado a vida toda esperando alguma coisa acontecer. E, naquele momento, eu achei que estava fadada a ser sempre uma fracassada. A titia. Ou pior: a titia louca.

Sentei na cama novamente, respirei fundo, olhei para a mesa ao lado na cama e vi meu notebook. Decidi ligá-lo. Ainda faltavam muitas horas para o horário do meu ônibus de volta, que só sairia no início da noite do dia seguinte, então, pelo menos algumas delas eu passaria me distraindo na internet. Pluguei meu modem 3G na entrada USB, e logo em seguida surgiu uma janelinha na lateral inferior da tela avisando que eu havia recebido um novo e-mail.

Cliquei e fui ver. Era da Helena, uma das únicas amigas de colégio com quem eu realmente continuei conversando depois de adulta. É curioso: quando estamos na escola, temos a ingenuidade de achar que tudo vai durar para sempre. Mas nossos sentimentos são muito intensos e instáveis, e os hormônios não perdoam. Aí vem a formatura, a faculdade, o primeiro emprego... E nos damos conta de que a maioria dos medos e das inseguranças que tanto nos assombravam eram bobagens perto do que viria depois.

Nosso amor platônico do sexto ano se transforma em um cara besta que só quer saber de baladas e bebidas. Nossa melhor amiga, aquela com quem brincávamos de boneca e fazíamos planos sobre ser nossa madrinha de casamento, no ensino médio se apaixona pelo mesmo cara que a gente e então, de uma hora para a outra, se transforma em nossa pior inimiga. Os grupinhos se desfazem porque os populares precisam de nota, porque a faculdade fica em outra cidade ou porque alguns percebem o quão idiota é dividir pessoas por categorias. É a vida.

Mas, por algum motivo misterioso, a Helena havia sobrevivido a tudo aquilo e ainda tinha paciência para o meu drama diário. Como nós duas fomos morar em São Paulo mais ou menos na mesma época, acabamos nos unindo ainda mais.

Confesso que no primeiro momento imaginei que o e-mail que havia acabado de chegar fosse uma bronca. Pensei que minha mãe houvesse telefonado para a Helena contando tudo e pedindo ajuda. Mas li o assunto e vi que estava enganada.

De: Helena Freitas
Para: Anita Rocha
Enviada em: 7 de fevereiro de 2015, sábado
Assunto: É seu blog?

E aí amiga? Como foi o casamento? Já acabou? Quando tiver um tempinho, dá uma olhada no que achei aqui hoje mais cedo. É SEU, NÉ??!!!
Lembra do dia do trote? kkkkkkkkkkk

http://www.meuprimeiroblog.com

Até segunda. Você volta amanhã mesmo, né?
Quero saber se encontrou algum gato nessa festa aí.
Mande um beijo para sua irmã.

Helena

Abri o link no mesmo segundo e aguardei a página carregar, sem nem piscar os olhos. A velocidade da internet lá era uma droga, então fiquei observando os elementos surgirem lentamente na tela. Quando li o título do texto, meu coração bateu forte. Pois as emoções da época voltaram, e por instantes me esqueci de tudo o que havia acontecido: aquele realmente era o blog que eu havia feito na minha adolescência.

2

Não importa onde seu corpo vive.
Seus pensamentos é que sempre
serão sua casa.

Eu nunca sei o que escrever aqui
6 de fevereiro de 2000, domingo, 21:53

Oi, eu sou a Anita e odeio apresentações. Então, querido blog, vamos fingir que nós já nos conhecemos. Que somos íntimos o suficiente para não precisarmos de três beijinhos e um abraço apertado. Até porque, se fosse assim, eu atravessaria a rua para você. Afe... O que mesmo eu estou falando? Vou atravessar a rua para uma página na internet? Minha mãe está certa: tenho pro-ble-mi-nhas. Bom, mas não foi para falar sobre isso que te criei. Tire suas próprias conclusões.

Tô escrevendo aqui porque amanhã é um grande dia. Sinto vontade de vomitar só em pensar que faltam apenas algumas horas para eu estar oficialmente no ensino médio. Finalmente! Você sabe, é a melhor época da vida de qualquer pessoa. É quando os garotos por fim amadurecem (pelo menos foi o que a Carol disse). Quando as roupas começam a cair bem no nosso corpo. Enfim, quando saímos da versão beta do ser humano. Fala sério?!?!?! Como eu sobrevivi tanto tempo naquele colégio?

Parece bobagem, mas sinto que agora tudo pode ser diferente. Ninguém me conhece direito no IFET, e isso significa que não preciso ter medo dos julgamentos.

Bom, por hoje é só. Minha irmã chata quer usar o computador, e, como tenho de dividi-lo, preciso fechar tudo para que ela não descubra você. Não que eu tenha vergonha, tá? É que, digamos, quero que nossas conversas sejam particulares.

Até mais.

Quando tirei meus olhos da tela, tudo começou a girar tão rápido que eu nem conseguia pensar direito. Meu corpo estava leve, e eu tinha a sensação de que conseguiria voar se quisesse. Achei que ia desmaiar de novo, como na festa, e tentei manter a consciência, só que, no segundo seguinte, não consegui controlar mais nada. Era como se meu cérebro estivesse parcialmente desconectado. Fechei os olhos com força, tentando provar a mim mesma que era só um delírio, que era ainda efeito do estresse que eu havia passado, mas nada mudou. Tudo girava cada vez mais rápido, e meu corpo não estava mais apoiado ao chão. Minha cabeça não conseguia acompanhar a velocidade com que tudo se movia, e a pressão em meu cérebro aumentava cada vez mais. No momento em que pensei não poder aguentar mais, tudo se acalmou. Meus pés estavam de volta ao chão, e o zumbido em meus ouvidos havia cessado. Ao abrir os olhos, porém, percebi que estava em um lugar completamente diferente.

Eu não sabia muito bem onde estava, mas queria muito que aquilo parasse logo. Meu corpo todo tremia pelo medo e por não estar entendendo o que estava acontecendo. Respirei fundo e olhei mais calmamente ao meu redor. Estava em um quarto de paredes cor-de-rosa. O cheiro era doce, como se alguém tivesse acabado de passar perfume para sair. A janela estava aberta, e um vento forte fez os pôsteres pregados na parede caírem no chão um a um. Eram do Radiohead, Alanis

Morissette, R.E.M, Spice Girls, Backstreet Boys, The Corrs e Engenheiros do Hawaii. Me apoiei na cama e fechei a janela. Respirei fundo, ainda observando tudo com atenção. Então, após alguns minutos na tentativa de aceitar que aquilo estava realmente acontecendo, comecei a reconhecer aquele lugar, que era estranhamente familiar.

Esfreguei meus olhos sem acreditar no que estava vendo e, ao me levantar da cama, notei um reflexo no espelho. Era eu. Aquela no espelho era eu... com 15 anos!

Por um instante, pensei que fosse um sonho louco, ou uma alucinação, talvez, por causa do meu surto nervoso. Ou era meu organismo que não sabia lidar com todos os remédios fortes que haviam me dado depois do que aconteceu. Porque, é óbvio, tudo o que meus familiares queriam era que eu desaparecesse. Mas eu não desapareci, eu estava lá. Respirando. Pensando. *Enlouquecendo talvez.*

Bom, qualquer que fosse a explicação para o que estava acontecendo, não importava mais para mim. Se aquilo era um sonho, então eu poderia fazer o que bem entendesse. Convenhamos, isso é o que qualquer pessoa faria. E eu não ia ficar encolhida, com medo, em um canto, esperando pelo que viria. Odeio filmes nos quais a personagem é meio besta e fica vagando até o monstro aparecer. Aquela que ajuda todos os amiguinhos e se mete na maior roubada. Na vida real, não é assim. Ninguém garante a você que no final vai ficar tudo bem. Então, se não fizer as coisas sozinha, se não for à luta, sinto muito, você vai desaparecer logo na primeira cena.

Tipo eu.

Então, me joguei na experiência.

Vasculhei as gavetas, os armários, debaixo da cama. Olhei cada canto na esperança de encontrar alguma pista sobre o que era aquilo tudo. Ao mexer na cômoda encostada na parede, deixei um par de óculos caírem no chão. Fez um barulho danado e, de repente, eu já não estava sozinha no quarto. Alguém abriu a porta rapidamente.

– Ainda não foi dormir, mocinha? Sua aula começa logo cedo amanhã!
Minhas mãos começaram a tremer no mesmo instante. Aquela voz rouca fez minha alma saltar de dentro do corpo. Era uma mistura de medo com saudade, felicidade e todos aqueles outros sentimentos para os quais ainda nem inventaram nome.
Então, pensei, *quer dizer que eu morri?*
Antes de conseguir chegar a uma conclusão, levantei-me da cama e fui ao encontro dele. Se fosse um sonho, não poderia acordar antes de dar o abraço que sempre me faltou. Era o meu pai. *Vivo. Ali. Na minha frente.*
– O que está acontecendo aqui? Não vai me dizer que tudo isso é medo do primeiro dia de aula... – disse, enquanto acariciava meus cabelos e levantava meu queixo com as pontas dos dedos. – Não quero saber de desculpas esfarrapadas. Vá já pra cama e feche os olhos. O sono só faz as pazes com quem apaga a luz e descansa o coração – ele sorriu.
Não pai. Não é medo do primeiro dia de aula, pensei. *É medo de uma vida inteirinha sem você.* Medo de ter de aguentar a mamãe sozinha nos piores dias. Medo de ter de lidar com o olhar das pessoas enquanto você "dormia". Medo de ter de explicar para os meus amigos que eu não tinha mais um pai e dizer, mentindo, que estava tudo bem. Medo de crescer e me tornar alguém tão diferente do que você esperava.
Eu poderia ter dito tudo isso a ele naquele instante, mas não fiz. Apenas o abracei mais uma vez, senti o calor e a segurança de estar sob sua proteção de novo, e voltei para a cama. Ainda incrédula.
Era tudo muito estranho, tudo real demais para ser só um sonho. O cheiro, as cores e, naquele momento, minhas lágrimas de emoção por ter estado mais uma vez com meu pai.
Então, vi meu antigo computador em cima da escrivaninha. Corri até ele, liguei-o e aguardei minutos até finalmente conseguir clicar no ícone da internet. Quando finalmente

consegui conectar à internet, o navegador mostrou o blog. Meu blog. Ele estava lá, com o mesmo primeiro texto de antes, "publicado há 32 minutos".

Que estranho! Meu cérebro começou a ligar as coisas. *Então, eu tinha escrito aquilo havia 32 minutos? E a última coisa que eu fiz antes de cair naquela experiência louca foi justamente ter lido o post no blog...* Mas não existia explicação lógica! Quem ou o que estava por trás daquilo? O que eu tinha de fazer para voltar? Mas será que eu realmente queria voltar? Eram tantas as perguntas... E eu não sabia nem por onde começar.

Então, como as personagens dos filmes que passei a vida inteira assistindo, escrevi no Google "blog mágico, voltar no tempo". Resultado: nada. Nadinha que explicasse aquilo. Li uns artigos sobre o quanto um blog pode transformar a vida de alguém, mas nada daquele jeito. Voltei ao blog e tentei acessar o painel de controle, área em que eu conseguiria fazer novos posts e, talvez, descobrir o que estava acontecendo.

"Senha"

Tentei três vezes tudo o que eu achei que poderia ser a minha senha da época. Nada funcionou. Na última tentativa, surgiu um aviso na tela:

"No momento certo, você descobrirá a senha."

Hum?

Fiquei ali um tempo. Estática. Sem saber o que fazer. Meus pensamentos viajaram de um extremo ao outro. Loucura, surto psicótico, esquizofrenia, paranormalidade, magia, sonho... Bem, se era sonho, melhor eu dormir para poder acordar. E eu estava exausta mesmo.

Deitei na cama e dormi rapidamente. Acordei pela manhã. Levantei-me da cama, estiquei o corpo e voltei a me olhar no espelho, na esperança de tudo ter voltado ao normal e aquilo ter sido mesmo um sonho.

Não.

Ainda estava lá, com 15 anos, na casa da minha família. Meu cabelo estava comprido, e eu tinha uma franjinha reta, que, não por acaso, escondia grande parte do meu rosto. Uma espinha enorme estava nascendo na ponta do meu nariz, e, ao sorrir, percebi que tinha alguma coisa errada. Aquele desconforto... AI, QUE DROGA! Eu estava usando aparelho fixo de novo. Ou ainda. Sei lá.

Por incrível que pareça, eu não tinha muitas lembranças daquele dia. Para falar a verdade, nunca fui boa com essas coisas. Todo mundo sempre tem histórias de quando é criança ou adolescente, mas eu só sabia o que me contaram ou o que ficou gravado na fotografia. *Talvez por isso eu goste tanto de tirar fotos*, pensei, enquanto olhava minha antiga câmera na estante. Se eu tivesse escrito mais no blog, talvez conseguisse me lembrar de outras coisas. Mas eu havia feito um único post.

Alguém bateu na porta e disse que o café estava na mesa. Era a voz da minha mãe. Corri para vê-la, para lembrar como era o rosto dela naquela época, só que ela já havia desaparecido no corredor.

Mas alguma coisa estava errada. Digo, além do fato de eu estar no meu passado... Algo irritante não me deixava pensar direito. Tudo estava meio embaçado. AH, SIM! Eu tinha esquecido uma coisinha: tenho três graus de miopia. Ainda não usava lentes de contato naquela época, o que significava ter de ser a "quatro olhos" da turma mais uma vez.

Fui ao banheiro, fiz minha higiene matinal, penteei os cabelos e olhei para meu rosto no espelho. *Vamos dar um jeito nessa cara*, pensei. Onde mesmo eu guardava as coisas? Abri a gaveta e vi uma pequena caixa listrada. Ali estavam eles, meus produtinhos de beleza. Comecei passando o lápis de olho. Só na linha d'água e até a metade para não ficar pesado demais.

Algumas camadas de máscara e um gloss com gostinho de menta. Olhei no espelho e... bem melhor! Peguei os óculos caídos no chão e, já que não tinha jeito, coloquei no meu rosto. *Ah, agora sim, tudo está mais claro e nítido!* Pelo menos na aparência... Vesti a roupa que estava separada em cima da cadeira. *Eu devo ter escolhido antes de...* ah, deixa para lá.

Desci as escadas.

Todos estavam em volta da mesa. Mamãe comentava o último capítulo da novela, papai lia as notícias sensacionalistas no jornal, e Luiza, que já não usava um vestido de noiva nem tinha um namorado perfeito, preparava mais uma torrada com manteiga.

– Atrasada, como sempre! – disse minha irmã, enquanto passava mais manteiga no pão. Não me lembro da última vez que a vi comendo carboidrato.

– Para não perder o costume – respondi, indo em direção ao meu pai para dar-lhe um abraço. Eu não poderia deixar passar aquelas pequenas oportunidades. Sentei à mesa e peguei uma fatia de bolo.

– Dormiu bem, querida? – ele perguntou.

– Sim, papai! Era a ansiedade mesmo – respondi, tentando parecer natural.

– Você precisa parar de ser assim. Caso contrário, vai sofrer com crise de gastrite antes dos 30 anos.

Ah, ele sempre teve razão!!!

– Você sabe que hoje tem o trote, né? – Luiza me alertou. – Se você tem algum apego a essa roupa, trate de subir e trocar. As irmãs das veteranas sofrem em dobro. E você, bonitinha assim... Vão te odiar de cara.

Eu é que deveria odiá-la por ser tão rude, mas como já passei por isso antes, sei que estava dizendo apenas a verdade.

– Obrigada por me lembrar disso, maninha! – sorri.

– Lembrar? Alguém por acaso já te disse isso antes?

– Não, esquece! Vou lá me trocar – respondi, já me levantando da cadeira.

Subi correndo para o meu quarto e abri as portas do guarda-roupa em busca de algo melhor. Quer dizer, pior. Não que eu ligasse para aquelas roupas. Todas poderiam ser picotadas sem dó, porque olha, eu tinha um mau gosto nível um milhão naquela época! Aquelas estampas e texturas bregas... Era florzinha. Cachorrinho. Tule. Nuvenzinha. Aquilo ali estava mais para enxoval de bebê do que guarda-roupa de uma garota que estava prestes a começar o ensino médio. *Snif.*

Vesti uma camiseta preta justinha e uma calça jeans. Troquei a sapatilha vermelha por um All Star já bem velhinho. Pronto.

Desci as escadas correndo e gritei do último degrau:

– Vamos, estou pronta!

Imperatriz era uma cidade pequena, você não precisava de carro para chegar de um canto ao outro. Nada de ônibus, táxi ou metrô. Era você e o seu trajeto diário a pé. As mesmas árvores, as mesmas senhoras na janela reparando em você. Me lembrei de um dia já ter odiado tudo aquilo, mas agora era diferente. Eu apenas olhava ao meu redor e me surpreendia com aquelas coisas que já não faziam parte da minha vida havia tanto tempo.

De casa até a escola eram quase dez minutos de caminhada. Eu e minha irmã íamos juntas, passávamos pela igreja, atravessávamos a principal rua da cidade onde ficava a maioria das lojas, virávamos à direita duas vezes e, pronto, lá estava a escola. Era um prédio enorme, com tijolinhos marrons e uma pequena placa cinza e azul colada na grade.

Bem-vindos ao
Instituto Federal de Educação e Tecnologia – IFET

O famoso IFET! Já na entrada da escola, minha irmã encontrou um grupo de amigos. Nunca soube definir se ela

andava com os populares ou com os estranhos. Em vez de me apresentar, fez sinal para eu seguir em frente. Disse baixinho:
— Corre, porque acho que confundi os horários. Os calouros deveriam ter chegado há uma hora. Você não quer levar uma bronca já no primeiro dia, né?
— Que ótimo, Luiza! Obrigada — resmunguei.
— Não tem de quê — ela disse e logo se virou para o grupo.
Humpf. Por que tenho uma irmã tão mala, meu Deus? Tinha me esquecido como ela era nessa época de revoltada. Caminhei pensando naquilo.

O IFET sempre foi uma escola bem-conceituada na região. Era excelente, além de gratuita. Estudantes de várias cidades participavam do processo seletivo em busca do curso técnico integrado ao ensino médio. Eu, sinceramente, fiz o teste porque minha mãe disse que era aquilo ou estudar em escola pública. Onde, meus caros, eu não conhecia absolutamente ninguém. E, para ser sincera, sabia que algumas meninas de lá não iam muito com a minha cara. Fiz um ano de cursinho e passei. Não em uma boa colocação, como a da minha irmã, que foi a segunda colocada. Mas tudo bem, eu estava dentro de qualquer maneira.

O trote era um dos momentos mais aguardados do ano. Só perdia para o último dia de aula. Era quando os veteranos descontavam nos calouros o que passaram no ano anterior. O diretor até tentava proibir essa prática, fazendo ameaças e tudo mais, mas era óbvio que já tinha virado tradição. Era como uma iniciação. Quem aguentasse ficava. O fato é que eu já havia passado por aquilo uma vez e sobrevivi, não tinha por que ter medo, certo? Errado. Comecei a sentir um frio na barriga igualzinho à primeira vez.

Todos os calouros estavam no auditório. Da janela, vi se ainda me restava algum lugar, mas não encontrei. Entrei de fininho e fiquei em pé bem ao lado da porta, olhando para os lados só para ver se encontrava algum rosto familiar. Lá estava a Helena, sentada na segunda fileira, rindo de alguma coisa. Senti um certo alívio. Talvez ela soubesse o que havia acontecido. Ou, quem sabe, sendo mais otimista, também tivesse acontecido com ela. Vai ver aquilo acontecia com todo mundo...

Minutos depois, percebi que todos estavam batendo palmas. Era o fim do tradicional discurso do diretor. Hora de o show começar. Os alunos estavam se levantando, mas eu segui contra o fluxo. Estavam nitidamente ansiosos para sair dali. Menos eu, que precisava conversar com a Helena antes. Me aproximei dela e a puxei pelo braço.

– Menina, você é louca? – ela gritou.

– Oi, Helena! – disse, cochichando – Sou eu, a Anita.

– Ah! Obrigada pela informação. Mas o que isso muda? Continuo te achando louca e abusada – ela exclamou, desvencilhando seu braço das minhas mãos.

– Você não me conhece? – perguntei incrédula.

– Na verdade, acho que você parece alguém que eu conheço. Uhmmmmmm...

– Minha irmã? A Luiza... – disse, com expectativa.

– Isso! Você é a pirralha que não sai do computador, né?

– Oi?

– A estranha... – ela tentou explicar.

– Sim, acho que sim. Mas, olha, nós somos amigas. Fomos. Seremos. Sei lá.

– Quem te iludiu assim? – ela perguntou com um aparente desdém.

– Esquece. Deixe isso pra lá – eu disse, finalmente desistindo daquela conversa que não levaria a lugar algum.

– Bom, talvez fiquemos amigas um dia. Mas agora, minha querida, é hora de colocar um pouquinho de cor nesse seu look. – Então, ela pegou um potinho de tinta de dentro da bolsa e passou na minha camiseta.

Humpf!

Ótimo. Não podia contar com ela como minha melhor amiga. Ela ainda era uma adolescente e, se não me engano, a mais imatura do ensino médio inteiro. Eu me lembrava vagamente do dia em que começamos a conversar oficialmente. Foi nas vésperas da formatura da minha irmã. Estávamos em busca de um vestido e acabamos nos esbarrando na loja. Gostamos do mesmo modelo. Fui gentil e a deixei levar a peça. Tudo bem, talvez eu estivesse com um pouquinho de medo também... Depois disso nos cumprimentamos nos corredores da escola e, quando me dei conta, já estávamos falando sobre amores não resolvidos. Ela era uma pessoa legal, mas lidava com a insegurança de um jeito questionável. Queria sempre ser o centro das atenções. Só que, quando você tem 17 anos, ainda não sabe como fazer isso direito. O jeito mais simples é fazer com que todo mundo se sinta inferior. E era exatamente aquilo que ela estava fazendo comigo naquele instante.

Notei que eu era a última no auditório e corri para fora antes que mais alguém percebesse aquilo. Uma dica sobre o dia do trote: *nunca ande sozinho*. Caminhei até a porta do prédio e me deparei com uma fila enorme. Todos os calouros estavam de mãos dadas, e os veteranos em volta, gritando. Por entre as pernas, os braços dos calouros se entrelaçavam, fazendo as vezes de "trombas" e "rabos". Era a hora do tradicional "elefantinho".

Você sabe, um elefante incomoda muita gente. Andar de "elefantinho" incomoda muito mais. Principalmente com um bando de loucos gritando e dizendo o quão assustador seria estudar naquela escola. Tudo bem, eles não estavam mentindo. Mas aquela não era a melhor recepção do mundo. Alguns desistiam na primeira semana.

O IFET era meio assim. Você entrava pela nota que tirava na prova, depois de estudar meses e decorar um milhão de fórmulas, mas só continuava se conseguisse lidar com a liberdade que os professores davam. Parecia incrível, mas, no final das contas, você percebia que estudar não era um favor que você fazia para sua família. Também não era uma resposta certa ou uma nota boa no final do bimestre que faziam a diferença. O que contava era o quanto você se dedicava a alguma coisa. Esses valores definiam suas escolhas pelo resto da vida, independentemente da área que você pretendia seguir: informática, moda, jornalismo ou, sei lá, engenharia (tipo alguns amigos loucos que tive).

Respirei fundo e comecei a pensar em uma maneira de não precisar participar de tudo aquilo "de novo". Não era obrigada, sabe? Talvez ir para um lugar em que ninguém pudesse me encontrar... O coreto! Por que não? Saí de fininho, dei meia volta, respirei fundo e cruzei os braços para esconder a mancha de tinta que a Helena havia deixado na minha camiseta.

O que diferenciava um calouro do recém-veterano era basicamente o jeito que ele se comportava perto dos outros. Os novatos geralmente andavam perto das paredes, pediam informação o tempo todo e carregavam uma mochila pesada, cheia de livros e cadernos. Com o tempo, aprendiam que um caderno de dez matérias já era mais que suficiente.

Segui meu caminho, sozinha. O coreto ficava no fundo dos dois principais prédios do IFET, bem ao lado de um lago, que chamávamos carinhosamente de "laguinho". O local era arborizado e parecia muito mais um sítio que uma escola. Eu teria muitas histórias para contar daquele lugar. Ou pelos menos tinha.

Subi as escadas de pedra e, para minha surpresa, alguém havia tido a mesma ideia.

– Me desculpe, estou perdida! Já estava voltando para o trote! Juro – ela disse, tentando se desculpar enquanto começava a caminhar de volta para o lugar de onde veio.

– Tudo bem, calma. Eu sou caloura também – a tranquilizei. Foi estranho dizer aquilo.

– Ufa! Ande, entre e agache-se! Vão nos ver aqui – ela disse balançando os braços.

– Sim, claro!

Subi o último degrau e me sentei ao lado dela, em um banquinho de madeira.

Seu nome era Camila. Nunca havíamos conversado antes. Digo, no meu "primeiro" ensino médio. Ela fez curso de eletrotécnica, então, era de outra sala. Lembro-me vagamente de encontrá-la nos intervalos e palestras obrigatórias. Nossos amigos em comum não chegaram a nos apresentar oficialmente.

Conversamos por alguns minutos. É óbvio que eu não contei nada sobre o que tinha acontecido comigo. Não sei como ela reagiria, e, como nem me conhecia direito, certamente me acharia louca. Mas comentei da criação do blog. Disse que estava muito ansiosa para o primeiro dia de aula e acabei desabafando na internet. No fundo, tive esperanças de algo parecido também ter acontecido com ela. Mas não. Aparentemente, eu fui a "escolhida" para viver aquilo...

Camila me disse que era de Miracema, no Rio de Janeiro, e prestou o concurso para entrar no IFET porque sempre gostou muito de tecnologia. Ela não parecia uma garota nerd. Não usava óculos nem tinha espinhas no rosto... mas segurava um monte de livros.

– O que você gosta de ler? – perguntei olhando para os títulos em sua mão.

– Gosto de ler de tudo. Leio porque, sabe como é... Minha vida é chata... Os livros são meio que o jeito que encontrei para viver outras realidades.

– Te entendo – disse, pensando em toda a minha vida e percebendo que aquele sentimento não era assim tão exclusivamente meu.

– Acho que precisamos voltar – ela anunciou, ao notar que alguns alunos já estavam deixando o colégio.

– Se nos virem assim, limpinhas, vão desconfiar que fugimos e nos tornaremos alvos solitários – concluí.

– Não seja por isso! Sabe o que eu tenho na minha bolsa? Tinta! – ela disse, enquanto retirava potinhos de tinta de diversas cores.

– Meu Deus! Como você é esperta! – exclamei, quase batendo palmas.

– Na verdade, eu tenho um primo no terceiro ano. Ele me deu todas as dicas e ensinou todas as táticas. Graças a ele, estou aqui, escondida.
– Qual é o nome dele?
– Fabrício.

Tentei me lembrar de algum Fabrício, mas nada vinha em minha memória...
– Como ele é fisicamente?

Logo que fiz a pergunta, Camila respirou fundo e me adiantou:
– Ele é lindo, é fofo com quem interessa a ele, mas nem pense em se apaixonar, ok? Todo ano é a mesma coisa. Ele conhece as calouras, mostra o colégio, faz com que elas se apaixonem por ele e, no final, nem decide com qual quer ficar de verdade. E deixa todas com esperanças e atrás dele feito cachorrinho.
– Ai, que horror! Não quero nada com ele. Só fiquei curiosa – expliquei, com a expressão exagerada de quem se sente ameaçada.
– Bom, se a gente encontrar com ele por aí, eu te apresento. Mas cuidado! – me alertou de novo.

Ao dizer isso, ela já foi pegando vários potes de tinta de dentro da bolsa. Entendi que era para começarmos a lambança. Escolhi azul, minha cor preferida. Escrevi algumas coisas no meu braço, fiz uns pontinhos na minha blusa e, a parte mais difícil, derrubei uma boa quantidade de tinta verde no cabelo. Ela fez o mesmo.
– Pronto. Agora sim somos calouras – comecei a rir.
– E nem tivemos de fazer elefantinho, pedir dinheiro na rua ou mastigar o mesmo chiclete de outras pessoas – ela completou, fazendo cara de nojo enquanto falava sobre o chiclete.

Por alguns minutos, deixei de lado todas as minhas maiores preocupações – como estar vivendo meu passado novamente e não saber como voltar ao presente. Naquele momento, aquilo nem parecia mais um problema, porque eu estava enfrentando uma situação que julgava difícil (e me divertindo). Acho que todos os problemas são assim. Quando você decide parar de pensar neles o tempo todo, e tenta resolvê-los, eles nem parecem mais tão assustadores. Porque nós é que complicamos tudo. O tempo todo.

Descemos a escada bem rapidinho e corremos em direção à quadra, local em que o trote oficialmente acontecia todo ano. O chão estava imundo. Havia tinta por toda parte, e, pela quantidade de pessoas, presumi que alguns já tinham até ido embora. Ufa.

Latas de tinta, farinha, terra, comida estragada e tudo o que alguém conseguir imaginar de mais nojento estava lá espalhado. Também encontrei alguns cartazes no chão, com frases do tipo: "Odeio garotas!" e "Entrei no IFET! Adeus vida social".

Era impossível não fazer comparações. No passado, as coisas foram bem diferentes. Não queria ter de pensar nisso de novo, mas, estando ali, era irresistível. No meu primeiro ensino médio, nesse mesmo dia e horário, eu já estava em casa, com a cabeça enfiada no travesseiro, chorando. Os motivos? Tá bom, eu conto. É que descobriram que eu tinha um blog, e da pior maneira possível: minha irmã contou para uma amiga, que, óbvio, espalhou para todo mundo, e eles resolveram fazer uma "brincadeirinha". Só podia ter sido ela...

Os veteranos espalharam as frases que escrevi no meu blog em cartazes e me fizeram segurá-los por todo o trote, no trânsito. Foi horrível. Traumatizante. Eu queria desistir de estudar lá, mas, é óbvio que minha mãe não deixou. Luiza negou a vida inteira que aquilo foi obra dela, mas a única pessoa que tinha acesso ao nosso computador era ela. Só ela poderia saber que eu tinha feito um blog, porque era para ser algo privado, só para mim.

— E aí, caloura, onde você se enfiou? — Helena perguntou, se aproximando.

— Estava aqui o tempo todo — respondi, olhando para Camila, buscando cumplicidade.
— Estranho. Eu tinha preparado uma surpresa para você — ela falou, levando a mão ao queixo, pensativa.
— Hum. O que é? — tentei não parecer assustada.
— Agora já usaram os cartazes com outros calouros. Você vai ficar sem saber — ela quis parecer ameaçadora.
— Ah, tudo bem — falei, tentando diminuir a importância do meu "sumiço".
— Nem a inútil da sua irmã sabia do seu paradeiro. Você acabou com toda a brincadeira — ela disse contrariada, como se eu tivesse mesmo culpa de alguma coisa.
— Ei, Helena, por favor, me conta, qual era a surpresa? — insisti, intrigada.
— Tá bom. É você que tem um blogzinho na internet, né?
— Errrr... sim, criei ontem — respondi, hesitando um pouco.
— Pois então. Eu o descobri enquanto criava minha listinha de "zoações" para os calouros. Fiquei horas procurando na internet os sites e blogs de todos vocês para descobrir algum podre. Bem no momento em que eu estava fazendo isso, você deixou público o link do blog — ela ia dizendo, olhando suas unhas, como se estivesse entediada.
— Eu deixei?
— Sim, as informações estavam públicas. Você precisa desabilitar essa opção se quiser que seja secreto — explicou.
— Ai, essas calouras burrinhas vão se ferrar tanto nas aulas de informática... Mas o meu plano foi por água abaixo, porque você se enfiou em algum lugar — disse, me encarando em acusação.
— Já disse, eu estava aqui. Me pintaram...
— Hum. Que seja.
Disse aquilo e saiu em busca de algum outro calouro para humilhar. Naquele momento, me dei conta da injustiça que cometi. Então minha irmã nunca soube de nada sobre os cartazes. Tudo aquilo foi coisa da Helena. Fiquei me sentindo

péssima. Passei a vida julgando minha irmã e achando que a primeira grande humilhação da minha vida tinha acontecido por culpa da Luiza. Mas, na verdade, foi por causa de um descuido meu. Sou uma idiota.

– Sinto muito por isso – disse Camila, se referindo ao blog.

– Imagina. Acho que sou grandinha demais para ficar mal por uma coisa dessas.

Que ironia!

Naquela tarde, voltei para casa exausta. Minha irmã já tinha chegado e estava assistindo à televisão. Senti um pouquinho de culpa e fui conversar com ela. Passamos as horas seguintes falando sobre o IFET. Luiza não sabia da "surpresinha", então eu contei. No primeiro momento, ficou com raiva. Muita raiva. Disse que ia conversar com a Helena. Depois quis ver o blog, e morremos de rir do quão besta era ter medo do primeiro dia de aula. Fez questão de me contar como foi seu primeiro dia e disse que, por mais bobo que parecesse, eu deveria continuar escrevendo o blog.

Fiquei surpresa. Abandonei aquele blog com apenas um post justamente porque me senti insegura no único lugar em que eu me sentia à vontade: na internet.

Depois daquela conversa, tudo ficou diferente. Eu tinha histórias para contar sobre o meu primeiro dia de aula no ensino médio, e, principalmente, havia pessoas que se importavam com ele.

Depois de ficar a tarde inteira conversando com Luiza, subi para o quarto e tomei um banho demorado. Enquanto estava no chuveiro, ouvi gritos vindos do cômodo ao lado. Eram meu pai e minha mãe discutindo. Tinha me esquecido do quão terrível era escutar as brigas dos dois. Eles se trancavam no quarto como se isso os fizesse ir para outro planeta, como se as paredes fossem grossas o suficiente para abafar toda a gritaria. E como se a gente não escutasse e soubesse de tudo. Eu e minha irmã entendíamos que era uma fase difícil, mas depois acabamos descobrindo que poderia ficar ainda pior.

Coloquei meu pijama de bolinhas e deitei na cama. Fiquei olhando para o teto por uns cinco minutos, esperando alguma coisa surpreendente acontecer. Um terremoto. Um anjo. Um coelho falante. Uma fada madrinha. Qualquer coisa mais bizarra do que aquilo que eu estava vivendo.

Nada aconteceu.

Na verdade, os gritos se tornaram mais intensos, e eu resolvi pegar meu velho discman na gaveta e usar os fones de ouvido.

PLAYLIST:

- **Malandragem** - Cássia Eller
- **Better Man** - Pearl Jam
- **Mulher De Fases** - Raimundos
- **Bizarre Love Triangle** - Frente!
- **Pose** - Engenheiros do Hawaii
- **Te Levar** - Charlie Brown Jr
- **This I Promise You** - 'N Sync
- **Tempo Perdido** - Legião Urbana
- **Learn To Fly** - Foo Fighters
- **O Que Eu Também Não Entendo** - Jota Quest
- **Três Lados** - Skank
- **Te Quero Tanto** - Maurício Manieri
- **Anna Júlia** - Los Hermanos
- **Save Me** - Hanson
- **Stronger** - Britney Spears
- **Ela Não Está Aqui** - KLB
- **Quando Você Passa** - Sandy & Junior
- **Thank You** - Dido

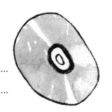

- **A Lua Que Eu Te Dei -** Ivete Sangalo
- **All Star -** Smash Mouth
- **No Scrubs -** TLC
- **Carla -** Ls Jack
- **Say You'll Be There -** Spice Girls
- **Survivor -** Destiny's Child ft. Da Brat
- **Torn -** Natalie Imbruglia
- **Keep On Movin' -** Five
- **I Hate Everything About You -** Three Days Grace
- **Wonderwall -** Oasis

No momento certo, você descobrirá a senha.

Aquela frase não saía da minha cabeça. Tudo o que tinha para acontecer naquele dia, teoricamente, já tinha acontecido. Quero dizer, o trote, a conversa com a minha irmã e tal. Já havia entendido que fui uma otária por culpá-la por tanto tempo. O que mais "queriam" que eu fizesse? Que pedisse desculpas? Ela não entenderia nada; afinal de contas, só eu sabia dessa coisa de voltar no tempo. Contar seria perigoso.

Ela falaria para os meus pais, que achariam que eu pirei, discordariam sobre o que fazer e brigariam mais uma vez.

De repente, a tela do computador acendeu sozinha.

Levantei no mesmo instante para ver o que estava acontecendo. O ícone que indicava a conexão da internet estava selecionado e piscando sem parar. Ouvi o ruído da conexão com o modem. Naquela época, só existia internet discada no interior de Minas Gerais. Mas era praticamente impossível ela ter se acionado sozinha. Então o navegador surgiu na tela do computador, com o endereço do blog.

Senti um frio na barriga! Quando fui despachada para aquele meu passado, estava olhando o blog. Pressenti que aquilo estava relacionado.

Fui até a porta, girei a chave três vezes na fechadura para me trancar e garantir que ninguém fosse me interromper. Era segunda-feira, e, como tínhamos aula cedinho durante a semana, meus pais nos proibiam de usar computador para "brincadeiras", e talvez fossem até lá dar uma bronca.

Sentei diante do computador e apertei o "Enter". O blog surgiu diante de mim. Quando tirei os olhos na tela, tudo começou de novo a girar, aquela sensação de descontrole voltou, e alguns instantes depois eu me dei conta de que já não estava no mesmo lugar.

Mais uma vez.

3

Está tudo sob controle, pensei.
Meu coração apenas riu.

Esfreguei os olhos com as mãos. Eu estava no sítio em que o casamento aconteceu, e aparentemente era o dia seguinte. Pássaros cantavam, e os raios de um sol que já estava alto entravam pelas frestas iluminando cada cantinho do quarto. Abri a janela, olhei para fora e só vi vestígios da festa do dia anterior: alguns copos meio cheios, garrafas vazias, pratos sujos e algumas pessoas limpando. Parecia que tudo havia voltado ao normal.

Ah bom, tinha sido mesmo um sonho! Ou alucinação, sei lá.

Um pouco aliviada por ter encontrado uma explicação rápida para o que aconteceu, escutei vozes se aproximando no corredor e me deitei novamente, fingindo ainda dormir. Eram minha mãe e uma tia debatendo sobre a minha possível insanidade. Senti vontade de me levantar e dizer umas boas verdades, mas continuei com os olhos fechados, porque, da última vez que fiz aquilo, as coisas não terminaram muito bem.

Elas entraram no quarto com todo o cuidado e caminharam por ele, parecendo organizar alguma coisa. Na verdade, estavam mesmo organizando. *As minhas coisas.*

— Se ela vai dormir tanto, não vai dar tempo de arrumar tudo e pegar o ônibus no horário... Já passa das duas da tarde! — minha mãe cochichava (pelo menos achava que estava cochichando) com minha tia enquanto jogava as coisas na minha mala, do jeito dela.

Nossa, eu tinha mesmo dormido muito! Deve ter sido os remédios que me deram, pensei.

Todos os familiares já estavam deixando o local, e, como minha passagem de volta para São Paulo era para o começo daquela noite, minha mãe já estava aflita querendo que eu ficasse pronta. Senti que, no fundo, o que ela queria mesmo era se livrar de mim. Mas tudo bem, porque eu também queria sair daquele lugar o quanto antes.

Já estava quase adormecendo de novo quando ouvi a voz do Henrique. Ele entrou alguns segundos depois. Sentou ao meu lado e fez carinho no meu cabelo, que mais parecia um ninho de pássaro.

— Pobre Anita... — disse, bem baixinho.

Naquele momento, abri os olhos. Não sabia que cara fazer, muito menos o que dizer. Apenas o abracei.

— Como você está? Se sentindo melhor? — me perguntou carinhoso.

— Não sei... Acho que sim... — respondi ainda no seu abraço, fazendo um pouco de charme, para prolongar aquele momento gostoso de afeto depois de me sentir tão odiada. Apesar de estar um pouco constrangida por ele me ver daquele jeito... Mas, se ele era meu amigo mesmo, daria um desconto.

— Vai ficar tudo bem, Anita! Eu já decidi que não vou te deixar voltar sozinha. Até já falei com sua mãe — ele foi me explicando ao desfazermos o abraço. — Preciso mesmo ir para São Paulo, então vou no ônibus junto com você, já até comprei a passagem. Tem vaga no seu apartamento para um hóspede de longe? Aí fico uns dias com você lá. Que tal?

— Sim... lógico... claro... fica sim comigo... — respondi um pouco confusa, sem avaliar direito com o que estava concordando, por ter sido pega de surpresa pelo Henrique mais uma vez.

— Ótimo! — ele disse, satisfeito por seus planos terem dado certo.

Só que, em vez de muito feliz, fiquei um pouco decepcionada, porque na verdade ele parecia estar com pena de mim. Pena. O sentimento mais desprezível. Principalmente quando vem de alguém com quem você realmente se importa. Eu queria que meu melhor amigo sentisse orgulho de mim, sabe? Que eu fosse assunto de conversa com outros amigos, tipo "Eu tenho uma amiga que...". Mas o que ele tinha para contar de mim? Que eu era uma louca? Que eu arrumava confusão no casamento da irmã? Queria dizer que ele não precisava se preocupar comigo, mas só saiu:

— Que bom! Só que tem uma coisa. Eu preciso me mudar nos próximos dias e ainda nem arrumei outro lugar — disse, me lembrando do inferno que era ser aquela versão de mim mesma.

Aquele banho de realidade me fez recordar que o proprietário do meu apartamento havia pedido o imóvel de volta, e eu tinha um prazo de menos de um mês para achar outro local razoável para morar. Que alegria... Nem endereço definido eu teria mais.

— Não tem problema. Eu te ajudo — Henrique respondeu de um jeito decidido, sem deixar que eu percebesse quanto daquilo era vontade mesmo de me ajudar e quanto era educação. — Adoro imobiliárias, caixas de mudança, poeira, você sabe.

Sabia sim... Ele era a pessoa mais alérgica que já havia conhecido!

Henrique saiu do quarto dizendo que, enquanto eu me arrumava, ia me esperar lá fora, para almoçar comigo. Levantei-me da cama, tomei banho, coloquei uma roupa e terminei de ajeitar minhas coisas, que minha mãe havia "arrumado". Não tinha jeito, eu precisava enfrentar a vida. Quer dizer, meus familiares.

Os noivos já tinham deixado a cidade, assim como a Carol e o marido. E, para minha sorte, ninguém voltou ao assunto da noite anterior. Eles simplesmente ignoraram tudo o que eu disse. Tudo bem, aprendi. Não era mesmo da minha conta.

Almocei o que eu consegui, já que meu estômago ainda estava um pouco enjoado, e comecei com as despedidas, que dei um jeito de serem rápidas. Apesar disso, precisei ouvir um discurso da minha mãe me mandando ir ao neurologista, ao psicólogo, ao endocrinologista, ao oftalmologista e a mais uma dezena de especialistas que poderiam "dar um jeito" em mim. Mas não contei absolutamente nada sobre a minha mudança. Não queria mais opiniões sobre minha vida nem reclamações sobre ela não ter um *script* que levaria a um final feliz (no conceito dela).

Henrique e eu saímos com bastante antecedência em relação ao horário da viagem, mas eu não queria ficar muito mais ali. Decidimos fazer um passeio pela cidade, para matar o tempo. Entramos na sorveteria, compramos duas casquinhas e sentamos na praça, observando o movimento e as pessoas que passavam na rua aquela hora. A sombra da enorme árvore que ficava em frente à igreja matriz aliviava um pouco o calor do verão mineiro, assim como aqueles sorvetes refrescantes. Ficamos por lá até o fim da tarde, colocando a conversa em dia, e seguimos para pegar nosso ônibus.

A rodoviária de Imperatriz estava deserta, como sempre. O ônibus chegou na hora prevista e estava quase todo vazio. Henrique me deixou ficar na janela e se sentou na poltrona ao lado.

Partimos, e, pela janela do ônibus, fui observando as coisas ficarem para trás. Primeiro as casas e os pequenos locais de comércio, que por tanto tempo fizeram parte do meu trajeto diário até o colégio, e depois a estrada. A paisagem urbana foi sendo substituída pela rural, que é muito bonita ali na Zona da Mata. A região é cheia de colinas, vales estreitos e algumas serras, que ainda podiam ser vistas àquela hora do início da noite, já que só escureceria mais tarde.

Henrique puxou conversa, e falamos sobre assuntos variados. Mas mesmo que eu tentasse fugir de um sermão, tinha certeza de que, mais cedo ou mais tarde, ele apareceria no nosso diálogo. E não deu outra.

– Você deveria se julgar menos. Vive reclamando que as pessoas fazem isso o tempo todo, mas é quem mais exige de si mesma. Você se esquece do quanto você é incrível. Tem uma frase do Buda que eu adoro: "Nem seus piores inimigos podem fazer tanto dano a você quanto seus próprios pensamentos".

– Então agora você cita Buda enquanto dá conselhos? Quando é que você se tornou esse cara? – eu disse, bagunçando o cabelo dele e pegando meu fone de ouvido dentro da bolsa.

Ele estava certo. Quer dizer, *um pouco* certo. E eu, mais uma vez, tentava fugir dos problemas com a música e o fone de ouvido. Só que, daquela vez, eu precisava mesmo de um tempinho. Conversar com o Henrique era ótimo, era um alívio, e ele tinha o dom de deixar as coisas menos complicadas. Só que, desde a hora em que acordei, eu ainda não tinha tido tempo de pensar em tudo o que aconteceu. E não foi pouco.

Pedi licença para ele para ouvir um pouco de música, e ele, compreensivo como sempre, disse que não tinha problema, porque queria mesmo dormir um pouco. Virou para o lado, fechou os olhos, e não sei se dormiu mesmo ou se só fingiu, para me deixar à vontade e sem culpa.

Comecei a pensar e considerei que a viagem no tempo e o blog mágico foram frutos da minha imaginação, um sonho de fato. Ou então um surto por causa de tanto estresse.

Mas, também, resolvi que, por via das dúvidas, não me atreveria a clicar de novo no link para o blog. Minha vida estava cheia de problemas, e eu não tinha tempo para ficar me preocupando com aquilo. No fundo, o que eu queria era parar de me sentir uma pessoa tão anormal. Aquela coisa com o blog, se realmente tivesse sido real, não me ajudaria nessa tarefa, pois normal era a última coisa que aquilo poderia ser.

Pensei também que sempre sentia um misto de alívio com nostalgia quando deixava minha cidade natal. Mesmo depois de tantos anos morando fora, aquela sensação de ter escolhido viver uma vida diferente de todo mundo de lá ainda me causava certa estranheza.

E se eu estivesse indo pelo caminho errado? E se eu tiver optado pelo jeito mais difícil de ser feliz, tendo de enfrentar o mundo, vivendo na cidade grande sempre rodeada por muitas pessoas e, ao mesmo tempo, tão sozinha?

Mudar para São Paulo sempre tinha sido meu maior sonho. Eu queria arriscar. Eu queria abrir minhas asas para voar alto. Perdi a conta das vezes em que cantei "Breakaway", da Kelly Clarkson, na frente do espelho e relacionei a letra da música a cada episódio que vivi naquela louca Sampa. Mas, às vezes, acho que realizar nosso sonho não é tão bom quanto dizem por aí. Porque algumas pessoas simplesmente não descobrem o que fazer depois disso.

Nunca levei a sério a ideia de ficar em Imperatriz para sempre, mas às vezes eu me pegava imaginando como teria sido. Continuar ali e ter uma vida comum, como os outros moradores da cidade, e como a maioria dos meus amigos de infância, teria sido obviamente mais simples. Mas se tantas pessoas conseguiam viver fora de lá, por que comigo seria tão diferente? As baladas do interior sempre lotavam, e o pessoal, pelo que eu via nas redes sociais, parecia bem sorridente nas fotos. Mas eu simplesmente achava aquilo um saco.

Acabei adormecendo em meio a tantos pensamentos, e acordei com o Henrique me entregando um pacote. Eu nem havia percebido que o ônibus estava parado. Meu estômago roncou quando senti o delicioso cheiro de pão de queijo quentinho.

– Você deve estar com fome.

– Eu sempre estou – respondi, enquanto abria o pacote e sentia a saliva se acumular no canto da boca, adorando estar sendo cuidada e paparicada por ele.

O tempo da viagem de ônibus de Imperatriz até São Paulo era de aproximadamente dez horas. Falando assim, parece uma eternidade, eu sei, mas por causa do horário da passagem, sempre no começo de noite, o tempo passava bem rapidinho. Era como dormir fora de casa por uma noite – só que sem muito conforto.

O ônibus geralmente fazia duas paradas de mais ou menos trinta minutos. Naquela noite, eu estava tão exausta com tudo que nem escutei quando o motorista anunciou que já estávamos na primeira delas. Apenas o Henrique saiu do ônibus.

Ele me olhou por alguns instantes, com um sorriso de aprovação, e então virou a cabeça para o lado mais uma vez, fechando os olhos e tentando cochilar. O ônibus estava dando ré, e eu só conseguia ouvir o barulho dos pacotes de biscoito dos outros passageiros e os ruídos do que o Henrique ouvia no seu fone de ouvido. Não reconheci a música, mas parecia ser algo da banda 3 Doors Down.

Assim que terminei de comer, alonguei meu corpo, esticando as pernas até a cadeira da frente. Naquele momento, comecei a sentir um frio quase insuportável. Estávamos no verão, só que, por algum motivo desconhecido, os donos daquelas companhias de viagem faziam questão de sempre manter a sensação térmica do Polo Norte. Não cheguei a dizer nada, mas meus dedos inquietos e a maneira como esfreguei as mãos nos meus ombros e braços, para tentar me aquecer, fez com que o Henrique olhasse em minha direção já desencostando do banco e tirando o casaco de couro que vestia.

– Eu não estou te dando outra opção, ok? – e me entregou o agasalho.

Pensei em recusar, pois ele era magro e eu achava que pessoas magras sempre sentiam mais frio que eu, já que não tinham aquela (quase sempre) indesejada camada de gordura no corpo. Mas aí lembrei que ele morava em Paris havia alguns anos, e o inverno de lá é bem pior que aquilo.

– Obrigada – eu sorri, vestindo o casaco imediatamente, e estalei os dedos. Fiz isso porque eu estava um pouco sem graça. Eu acho.

O casaco estava delicioso, com o calor do corpo do Henrique e seu perfume inconfundível. Me senti abraçada e relaxei. Respirei fundo, inclinando minha cabeça em direção à janela do ônibus para me encostar, e então senti de novo aquele perfume no couro do casaco, dessa vez mais forte. O cheiro era realmente muito bom, provavelmente alguma fragrância francesa. Eu sempre fui completamente apaixonada por perfumes masculinos, mas o dele era simplesmente o melhor de todos. Talvez porque senti-lo significava que meu melhor amigo estava por perto e que, no final, tudo ficaria bem.

O resto da viagem foi tranquila e silenciosa, e nós dois dormimos até chegarmos à rodoviária do Tietê, em São Paulo. Acordamos nos sentindo dispostos para enfrentar o dia. Chegamos de táxi ao meu apartamento no início da manhã. Catarina, minha gatinha, fez a maior festa. E também um regime, porque não comeu absolutamente nada da ração que deixei, apesar dos poucos dias longe de mim.

Depois de deixar nossas coisas em casa, eu e o Henrique ainda conseguimos aproveitar o dia para visitar imobiliárias e apartamentos. Apesar de ser segunda-feira, eu havia pedido dispensa, e ia voltar a trabalhar só no dia seguinte. Passamos o dia todo percorrendo a Vila Mariana, o Ipiranga e a Chácara Klabin olhando apartamentos. Vimos alguns lugares bons, e outros indecentes. Mas de uma coisa eu tinha certeza: o custo de vida em São Paulo era inacreditável. Digamos que eu trabalhava 80% do mês para pagar o lugar em que eu passava 30% do meu dia.

Passamos depois no supermercado, porque a despensa estava completamente vazia. Em geral, minha cozinha tinha apenas coisas que não estragavam rápido e que não precisavam ser preparadas, tipo iogurte, leite de caixinha e pipoca de micro-ondas. O sol já estava se pondo quando abri a porta do apartamento pela segunda vez naquele dia.

Sendo sincera, a vida de adulto parece muito mais emocionante quando você ainda é criança ou adolescente. A verdade nua e crua é que, em vez de ter de se preocupar com a nota no boletim, você precisa pagar as contas que chegam por debaixo da porta no final do mês. Até nas férias. Sei lá, mas acho que completar 30 anos não é grande coisa. Você apenas aprende a disfarçar melhor aquelas mesmas dores de antes. Ok. Nem todo mundo aprende.

Henrique preparou o jantar enquanto eu organizava a casa. Ao contrário de mim, ele era um ótimo cozinheiro e adorava misturar ingredientes inusitados e criar novas receitas – e elas ficavam deliciosas. Nem um pouco engorduradas e grudentas como as minhas.

Quando você mora sozinha há tanto tempo, ouvir barulho nos outros cômodos da casa e sentir o cheiro gostoso de comida sendo preparada na hora é algo simplesmente incrível. Nos dias mais solitários, me faltava ânimo até para me levantar da cama.

Ao sair do banheiro, depois de um banho demorado e quentinho, notei que a mesa estava totalmente arrumada. Henrique preparou frango à parmegiana e, de sobremesa, *petit gâteau*.

Meu cabelo ainda pingava quando terminamos de comer.

– O que está acontecendo com você, mocinha?

Ele me encarou, enquanto eu colocava mais um prato na pia. A água da torneira estava muito gelada, e aquilo me dava pequenos calafrios. Naquele momento, não consegui me segurar, e uma lágrima escorreu pela minha bochecha. Eu usei a pontinha da língua para impedi-la de encontrar o chão. Depois mais uma. E outra.

– Dói. Tudo dói. Minha vida tá doendo – eu não queria parecer tão dramática, mas quando você está se sentindo tão triste, depois que diz a primeira coisa, o resto simplesmente sai. – Minha vida está uma bagunça. Eu estou exausta. Não importa o que eu faça, não importa o que eu diga, as coisas não vão funcionar para mim.

– Tudo isso é uma fase. Daquelas em que as coisas não fazem o menor sentido pra gente. Eu já te disse uma vez e vou repetir: elas sempre antecedem algo muito bom. Como se alguém estivesse nos ensinando o valor real das coisas. Porque é exatamente quando estamos muito tristes que conseguimos ouvir nossa alma. – Então ele olhou nos meus olhos: – O que a sua está te dizendo agora?

– Que eu faço tudo errado. O tempo todo. Que todas as pessoas ao meu redor estão me observando, esperando o momento em que vou enlouquecer de vez. Que eu fui egoísta ao estragar o casamento da minha irmã. Que a mamãe tem vergonha de mim. Que o papai, seja lá onde estiver, concorda com ela – disse, enquanto as lágrimas caíam sem que eu pudesse impedi-las.

– Anita, pare de se importar tanto com os outros. Deixe de lado essa necessidade de controlar tudo o que acontece com você e a sua volta, situações, pessoas, eventos... Às vezes, não é da nossa conta.

– Eu só queria me sentir um pouquinho mais normal – retruquei, ainda chorosa.

E então ele me abraçou forte. Fiquei com vergonha, porque eu ainda estava com cheiro de louça suja misturado com detergente. Mas estava tão bom!

— Nós somos todos muito diferentes e, mesmo assim, somos iguais — ele cochichou no meu ouvido, e eu não consegui evitar o arrepio que eu senti. E aproveitei para deitar minha cabeça em seu ombro por mais uns instantes.

***

O barulho do chuveiro parou enquanto eu esticava o lençol no colchão. Decidi colocá-lo na sala, perto do sofá. Já estava tarde, era quase madrugada. Como nós conversamos durante um bom tempo na cozinha, fazendo da tarefa de lavar louças uma espécie de terapia, só então o Henrique conseguiu entrar no banho.

Eu não podia prolongar ainda mais aquela conversa, pois eu precisava estar de pé bem cedo no outro dia para trabalhar. Minha folga da empresa terminava aquela noite. Quando ele saiu do banheiro, apenas desejei boa noite dando um beijo estalado em sua bochecha, e entrei logo em seguida para o meu quarto, fechei a porta e me joguei na cama.

Diante de tantos problemas e acontecimentos, eu havia me esquecido completamente da Helena. Ela tinha me enviado um e-mail no final de semana, e ainda devia estar esperando uma resposta. Ela queria saber como havia sido a festa e o que eu achei de rever o blog. Até estranhei um pouquinho o fato de ela ainda não ter telefonado. Então, peguei o celular dentro da bolsa e digitei os números imediatamente. Era mais rápido que buscar nos contatos, pois eu sempre soube o telefone dela de cor e salteado, desde nossa adolescência, e decorava sempre que o número mudava. Ela atendeu.

— Alô!
— Helena, tudo bem?

– Sim, quem é?

– Como assim quem é? Sou eu, Anita! Fico um final de semana fora e você se esquece da minha voz? – brinquei.

– Acho que foi engano, viu? Não conheço nenhuma Anita.

– Para de besteira. Não tem a menor graça. Preciso conversar com você sobre aquele e-mail que me enviou há alguns dias. Aconteceram algumas coisas muito estranhas – eu disse, meio irritada com aquela brincadeira em um momento tão inoportuno.

– Gente, mas que e-mail? Desculpa, mas eu não conheço nenhuma Anita e eu preciso desligar agora. Não sei você, mas amanhã eu trabalho cedo. Tchau. – E desligou.

Fiquei alguns minutos em silêncio tentando entender o que estava acontecendo. Aquela *era* a voz da Helena. E ela respondeu quando eu chamei por seu nome. O número digitado era o de sempre. Como assim ela não me conhecia? Pensei em ligar de novo, mas estava exausta demais para enfrentar mais aquele problema.

Deixei o celular no chão, repousei a cabeça no travesseiro e fechei os olhos.

Não demorei a cair no sono.

***

Na manhã seguinte, acordei com o barulho estridente de uma ambulância na rua. Por algum motivo desconhecido, meu celular não despertou na hora programada. Ok. Talvez ele não tenha tocado porque eu me esqueci de programá-lo. Tanto faz. O fato é que eu tinha apenas trinta minutos para estar no trabalho. Levantei-me da cama em um pulo, passei uma água no corpo, vesti a primeira roupa que encontrei no guarda-roupa. Henrique ainda dormia no colchão, na sala, e parecia estar em um sono profundo. Então escrevi uma mensagem para ele no ímã-recado que ficava na geladeira.

> Henrique,
> Perdi a hora, como sempre. A chave reserva está na primeira gaveta da penteadeira no meu quarto. Aproveite a tarde bonita para passear por São Paulo. Dê uma chance a minha cidade! Eu volto lá pelas 6 da tarde. A gente pode sair para jantar ou então eu trago alguma coisa.
> A gente se fala.
> Beijo,
>   Anita

Coloquei o fone de ouvido ainda no elevador. Uma mulher com o perfume mais doce do mundo entrou no terceiro andar. Por instantes, achei que ia vomitar, mas me concentrei no rapaz que apareceu segundos depois. Tatuado, com barba por fazer e um skate na mão. Devia ter também uns 30 anos como eu. Eu morava naquele prédio havia anos, e ainda não conhecia todos os meus vizinhos.

Andei até a estação de metrô que ficava a algumas quadras do meu apartamento. Estava lotada. Era gente desconhecida para tudo quanto é lado. Não importava se pareciam tristes, alegres, ansiosas, apaixonadas... Aparentavam estar quase sempre atrasadas e prontas para mais um dia de trabalho. Eu as observava assim, tão adultas, e sentia uma pontinha de pesar.

Eu também queria me sentir pronta para minha própria vida.

No trabalho, foi tudo monótono, como sempre. Voltei pra casa antes do horário, porque consegui entregar os relatórios e organizar a pasta de documentos até as 16 horas. Mandei um SMS para o Henrique perguntando o que ele ia querer para o jantar.

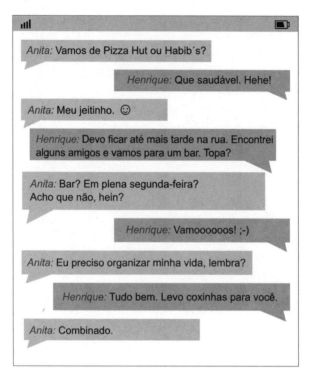

Abri a porta de casa, e Catarina veio me receber com arranhões no pé. Estranho as coisas estarem mais organizadas que o normal, algo que não acontece quando você mora sozinha, porque, geralmente, a bagunça simplesmente continua lá, julgando você por não ter acabado com ela ainda.

Deixei a bolsa em um canto e me concentrei apenas no que estava dentro de uma das sacolas. Eu havia passado no shopping e comprado uma pizza portuguesa média. Sentei no chão e encostei meu corpo no sofá, com o notebook no colo e o pedaço de pizza numa das mãos. Dei a primeira mordida enquanto aguardava a tela inicial aparecer.

Como de costume, acessei primeiro a página do Facebook. Digitei meu login e naveguei pela timeline. No primeiro momento, olhei para minha foto de perfil e estranhei. Não era a mesma de quando entrei pela última vez. Cliquei para ampliar. Estranho... A foto no meu perfil era uma em que eu estava na Avenida Paulista. Tirada pela Helena.

Achei aquilo bizarro, mas não liguei muito e continuei navegando.

Busquei o nome dela e vasculhei seu perfil. Era sim minha amiga Helena, mas eu nem estava mais em seu grupo de amigos. Não tinha acesso a muitas informações, apenas a suas bandas favoritas, fotos do perfil e últimos check-ins. O corte de cabelo dela estava diferente. Os locais que frequentava também. Foi aí que a ficha começou a cair.

E foi aí que comecei a ligar as coisas... e a gelar.

Talvez não tivesse sido um sonho, e eu tivesse *mesmo* voltado no tempo! Eu estava dividida: um lado do meu cérebro sugeria que eu realmente havia voltado no tempo, e o outro me dava bronca por eu cogitar algo tão idiota.

Mas fazia muito sentido que minha conversa com a Helena, naquele primeiro dia de aula no meu "segundo passado", mesmo que breve, tivesse mudado tudo. Ela não era mais minha melhor amiga no presente, provavelmente porque me achou besta demais naquele dia. E talvez nem tenhamos chegado a nos encontrar naquela loja, como na primeira vez.

Só isso explicaria.

Senti um nó na garganta e uma vontade imensa de chorar.

Mesmo contrariando o que eu havia prometido a mim mesma, e com receio do que poderia acontecer, digitei o endereço do blog novamente. Eu precisava ter certeza, para não enlouquecer.

E lá estava ele, só que, dessa vez, havia mais um texto publicado.

Acho que a gente só esquece de verdade a dor de uma antiga lágrima quando deixamos outra escorrer.

Querido blog, que já não é tão secreto assim...
7 de fevereiro de 2000, segunda-feira, 21:04

Voltei!

Tenho algumas novidades: o primeiro dia de aula não foi tão ruim quanto eu imaginava. Fiz amizade com uma garota chamada Camila e escapei do maior mico da minha vida. E, acredite, foi você que quase me colocou nessa.

Fiquei pensando se era melhor eu te deixar de lado ou continuar postando. Lembrei o que minha irmã disse hoje a tarde e resolvi que escreveria pelo menos mais este texto. Talvez eu nem tenha leitores de verdade, mas, de qualquer maneira, desabafar por aqui é legal. É como se minha vida fosse importante para alguém.

Se tá tudo bem? Não. Nem tudo.

Meus pais estão brigando muito ultimamente. Por coisas bestas, tipo a posição do tapete na sala e o canal da televisão. Antes, eu me sentia culpada, porque a maioria das discussões começava depois de brigas entre mim e minha irmã. Agora, mal chegamos em casa e eles já estão gritando.

Às vezes, o que importa não é o que a pessoa faz, mas o que ela espera que aconteça a partir do que faz.

Agora, mudando de assunto...

Não vejo a hora de poder usar lentes de contato. Mamãe disse que se minhas notas forem boas no primeiro bimestre e eu me mostrar uma garota responsável, ela vai me deixar usá-las em tempo integral. Espero que um mês não seja o suficiente para me apelidarem de "quatro zói", como fizeram na última escola.

Tchauzinho!

Quando terminei de ler, aconteceu de novo. A mesma pressão na cabeça, tudo girando em grande velocidade. Fechei os olhos por instinto e, em alguns segundos, tudo se acalmou. Foi mais fácil passar por aquilo da terceira vez.

Quando abri os olhos, notei que estava novamente em meu antigo quarto. Apalpei meu rosto com as pontas dos dedos e usei a tradicional técnica do beliscão. Resolvi também puxar um fio de cabelo para ter certeza de que não estava sonhando. Aquilo doeu um pouquinho, e a dor me fez perceber que eu estava realmente vivendo aquilo.

Meu coração bateu mais forte, e minha boca começou a secar. Senti como se tivesse levado um soco no estômago. Não fazia a mínima ideia do que fazer e pensar. Era como se eu estivesse perdida dentro de mim mesma. Na verdade, essa não era uma sensação tão desconhecida, mas aquilo estava realmente me dando medo.

Eu não estava louca. Eu tinha *mesmo* voltado no tempo.

Eu estava com a estranha sensação de ter dormido a noite inteira, porque eu não tinha sono nem me sentia cansada, mas sim disposta e cheia de energia. Ou então os supostos "saltos no tempo" davam essa sensação. Vai entender...

Levantei-me da cama e fui até o computador. O blog estava aberto na tela. Li o segundo texto publicado mais uma vez e tentei inutilmente acessar o painel de postagens. Digitei as três primeiras coisas que vieram na minha cabeça, mas nenhuma delas era a senha correta. Novamente, apareceu o aviso de que no momento certo eu descobriria a senha, e aquilo me deixou irritada.

Olhei pela janela e percebi que estava amanhecendo. Os galos da vizinhança anunciavam que já era hora de levantar e ir para o colégio. Desci as escadas pisando duro. Nem percebi que ainda estava de pijama. O café estava posto na mesa da cozinha, e minha irmã estava sentada e comendo.

– Você vai pra aula vestida *assim*? – Luiza perguntou, com a boca cheia de torrada.

– Aula? Que dia é hoje? – perguntei.

– Ai, meu Deus! E isso é porque você está só no segundo dia. É terça-feira!

– É que tive uns pesadelos – disse, dando meia-volta. – Volto em um minuto.

Subi as escadas pulando alguns degraus.

Tranquei a porta do quarto e fiquei me encarando no espelho por alguns minutos.

Olhei ao redor e analisei o quarto umas mil vezes. Era, de fato, como ele costumava ser quando eu era adolescente e tinha aquele corpo. Andei de um lado para o outro, tentando encontrar uma solução, um sinal, mas não havia como fugir da minha nova realidade: eu estava lá mesmo no meu passado. De novo.

Comecei a criar teorias, que iam de universos paralelos a alienígenas e, por fim, viagem no tempo mesmo. Eu nunca fui religiosa, ia à igreja quando criança porque minha avó me obrigava, mas naquele momento fechei os olhos e comecei a rezar. Não para as coisas voltarem ao normal, porque as coisas nunca foram muito normais na minha vida, mas para que eu entendesse a razão do que estava acontecendo comigo e, consequentemente, tomar a decisão certa. Nem que fosse pela primeira vez na vida.

Decidi correr para me arrumar, já que não conseguia respostas e que teria de ir para a escola. E minha vida estava acontecendo naquele momento, e não em outro.

Abri o guarda-roupa e escolhi uma calça jeans qualquer. A camiseta do uniforme, cinza e azul, estava dobrada na cadeira. Foi no segundo dia de aula, pelo que me lembrava, que de fato conheci o pessoal da minha sala. Entrei no banheiro e terminei de me arrumar. Desci correndo e, quando cheguei à cozinha de novo, minha irmã já havia saído.

Depois de engolir o café da manhã em pé mesmo, por estar atrasada, percorri o trajeto até o colégio, dessa vez sozinha. Na porta do prédio, havia uma lista com os nomes dos alunos e suas respectivas salas. Ainda faltavam alguns minutos para o início da primeira aula, mas como já sabia muito bem onde ia estudar, passei pela aglomeração de alunos e fui em direção ao mural de recados.

Estava lendo um comunicado sobre o uniforme, quando um garoto parou ao meu lado e falou:

– Seja bem-vinda, caloura!

Lembrei-me de já ter visto aquele rosto antes. Só não conseguia me recordar do nome dele. Ele tinha olhos castanhos, cabelos lisos e claros, 1,90 m de altura e um sorriso de fazer qualquer garota se apaixonar em minutos.

– Obrigada – disse, voltando a olhar o mural, tentando disfarçar o fato de ter ficado completamente encabulada. Isso porque, pelo menos mentalmente, eu tinha 30 anos de idade.

– Você é muito bonita. Me lembra alguém – sussurrou, arrumando a franja e olhando ao redor para ver se havia alguém escutando.

Pensei em falar sobre a minha irmã, mas resolvi parar de viver na sombra dela. Afinal de contas, se eu passasse a agir de maneira diferente, poderia mudar alguma coisa na minha vida no futuro, como aconteceu da outra vez, com a Helena. Então, apenas sorri e continuei lendo o mural.

– Da TV, talvez. Já pensou em ser atriz? – ele brincou, tentando chamar minha atenção.

– Eu? Atriz? Não sei se notou, mas sou tímida. Muito tímida.

– Isso é uma questão de tempo. Eu diria que é uma fase. Todo mundo é tímido quando está em um ambiente em que não se sente completamente à vontade – o garoto sorriu, reparando bem em meu rosto.

– Então eu não devo me sentir à vontade em ambiente nenhum – me fiz de desentendida.

– Talvez você só esteja andando com as pessoas erradas – ele retrucou, enquanto se apoiava na parede à nossa frente.

– É uma hipótese.

Naquele momento, o sinal bateu, e eu fiz gesto de que precisava ir.

– Ei, espera aí! – exclamou. – Qual é mesmo o seu nome?

– Anita.

– O meu é Fabrício – ele disse, enquanto se aproximava para me dar um beijinho na bochecha.

– Prazer, Fabrício – não consegui escapar do beijo.

Virei as costas e saí andando. *Fabrício, Fabrício, Fabrício...* Por que eu não conseguia me lembrar de alguém chamado Fabrício da época em que fiz o ensino médio?

Entrei na sala e vi que todos estavam muito agitados. Era engraçado imaginar que eu sabia tanto de cada um deles e eles nem imaginavam isso. O Ricardo, por exemplo, eu sabia que ia se sentar na primeira fileira, de frente para o professor. Embora ele não tivesse cara de nerd, iria tirar as maiores notas da sala e ainda ajudaria boa parte dos alunos na hora de passar de ano com sua monitoria semanal de matemática. Ele ainda nem deveria imaginar, mas iria se apaixonar pela Paola, que naquele momento só tinha olhos para Luigi. Mas precisaria ter calma, porque isso iria mudar quando ela percebesse a falta que o seu futuro melhor amigo, Ricardo, fazia. Pena que seria tarde demais, pois ele estaria namorando a Mônica, a loirinha do fundão que não parava de falar.

– Silêncio! – gritou o professor, ao entrar na sala.

Segundo o horário afixado no mural, teríamos aula de história na terça-feira. O que significava fazer um círculo com as carteiras da sala e conversar sobre algum tema do livro didático. Essa foi a forma que Luiz, meu professor preferido de todos os tempos, encontrou de mostrar aos alunos a importância de estudar o que aconteceu no mundo antes de a gente existir. Para a maioria dos alunos, esse método de ensino era sinônimo de farra e de conversa paralela, mas, como sempre gostei muito de história, eram horas preciosas para mim.

– Hoje é o primeiro dia de nossa aula, e estou ansioso para conhecer cada um de vocês. Tenho certeza de que todos possuem uma história para contar. E como nossa matéria é exatamente essa, quero que ela seja compartilhada.

A aula passou bem rapidinho, e logo ouvimos o sinal do intervalo. Como todas as primeiras aulas de cada matéria foram apresentações, o pessoal ainda estava em clima de férias. Saí da sala e fui direto para a porta do prédio. Queria muito encontrar Camila, a garota que me salvou do trote.

Sentei no primeiro degrau da escada quando, de repente, alguém parou bem na minha frente. Olhei para cima, e lá estava ele de novo.

– Ainda não fez novos amigos, caloura? – ele indagou, com ar de reprovação.

– Sim, estou esperando uma pessoa – respondi, tentando não parecer muito interessada na conversa.

– Ah, sei. Posso sentar do seu lado?

– Tudo bem – não tinha como impedi-lo mesmo.

– Que estilo de música você curte?

– Hum... – pensei em dizer as bandas que eu realmente escutava, mas provavelmente boa parte delas ainda nem existia naquele ano. Como ele usava All Star e vestia um jeans rasgado, para ser gentil acabei respondendo... – Rock.

– Poxa, que milagre! Alguém desta cidade e com sua idade que curte rock. Que bandas?

Tive de pensar rápido. Afinal, eu não era e nunca fui uma garota roqueira. Fiquei tentando me lembrar das músicas que minha irmã ouvia na época.

– Pearl Jam, Nirvana, Red Hot Chili Peppers, essas coisas.

Ele ficou claramente impressionado. Percebi que até passou a me olhar de um jeito diferente. Naquele momento, Camila apareceu bem na nossa frente.

– Ah, então vocês já se conheceram... – ela falou, com uma entonação que sugeria que aquilo não era nada bom.

– Peraí, ela é sua amiga?

– Nós nos conhecemos ontem, no trote – eu disse.

– Sim, antes que me pergunte, *este* é o meu primo. Aquele que comentei com você. – Então ela piscou com o olho direito. Ou tentou fazer isso.

– Vou deixar vocês duas em paz e ir comprar alguma coisa pra comer. Tô com a maior fome.

E então ele se levantou e sumiu pelos corredores.

– Hum, ainda não é tarde demais, né? – Camila perguntou preocupada.

– Como assim? – Não entendi o que ela estava querendo dizer.

– Você não está apaixonada ainda por ele, certo?

– É óbvio que não. Acha que sou do tipo de garota que se apaixona tão fácil assim? – respondi, um tanto impertinente.

– Ótimo. Assim ele percebe que você não é pro bico dele.

E que bico!, pensei.

— O que você achou da sua turma? — mudei de assunto.
— Ainda não conheci o pessoal direito, mas acho que vou me acostumar logo. — E deu de ombros.
— É, também tô nessa.

O resto da manhã passou voando. Quando me dei conta, já estava a caminho de casa. E nem sinal da minha irmã pelos corredores ou no intervalo. Ou ela não foi à aula ou estava fugindo de mim. Vai saber.

Abri a porta de casa e me surpreendi com a sala cheia de gente, e todo mundo falando ao mesmo tempo. Meus tios resolveram fazer uma visita. Carol estava sentada no sofá, folheando uma revista. Ao me ver, levantou-se e deu um grande sorriso.

— Oba! Você chegou! Estou ansiosa para saber como foi no colégio. Não vejo a hora de chegar a minha vez!

Era a primeira vez que estava vendo minha prima depois da confusão. Embora ela ainda não tivesse acontecido de fato, senti de novo a raiva e a culpa de antes. Carol, naquela época, era uma garota radiante, bonita como as modelos da revista *Capricho*, e vestia sempre vestidos rodados e botinhas de cowboy.

— Foi legal. Conheci uma galera. — Forcei um sorriso.

Falei "oi" para os meus tios, e logo subimos para o meu quarto.

— Agora que estamos aqui, me conta: algum gato? — ela foi logo perguntando.

— Ah, tem um menino do terceiro ano e tal. Mas, pelo que fiquei sabendo, ele é do tipo "conquistador", sabe? Nem tô criando expectativas — revelei, ainda um pouco decepcionada com o fato.

— Hum. Entendo. O problema dos conquistadores é que eles sempre nos fazem acreditar que vamos conseguir mudá-los. — *Ela. Me. Dizendo. Aquilo.* — Conheci um garoto também, amigo de um amigo meu. Ele é muito engraçado, mas às vezes parece outra pessoa. Quando estamos juntos, ele é tipo o cara dos meus sonhos. Quando aparece alguém, ele se transforma num idiota. É meio imaturo. Mais novo, sabe?

Naquele momento, tudo começou a fazer sentido. Carol conheceu o Eduardo naquela época.

Hum... Será que era por isso que eu havia voltado no tempo? Para separá-los? Para salvar a vida da minha prima?

Mesmo que essa não fosse a razão, era uma boa chance de fazer alguma coisa a respeito. Quem sabe eu não conseguiria dar à Carol uma segunda chance? Se eu fizesse isso, ela poderia terminar a escola, iria para a faculdade de moda e teria uma vida completamente diferente. Talvez eu conseguisse encontrar uma maneira de deixar minha prima feliz com seu futuro e me redimisse da confusão.

– E como ele se chama? – perguntei. Precisava saber direitinho quais eram as intenções dela.

– Eduardo.

Meu estômago até revirou.

– Quando vocês vão se encontrar de novo? – tentei parecer casual.

– Amanhã. Marcamos na sorveteria.

– Hum, entendi.

Fiquei tentando criar um plano para separá-los. Deveria haver uma forma de fazer com que ela percebesse, ali mesmo, o quão idiota aquele cara era. Se eu estragasse aquele encontro, talvez isso resolvesse todos os problemas.

– A que horas? – quis saber.

– Às sete da noite. Por que tantas perguntas? Ficou interessada, é? – ela parecia desconfiada.

– Deus me livre. Digo, Deus me livre de garotos mais novos.

– Ah, você prefere os grisalhos, né?

– Engraçadinha – mostrei a língua. – Só perguntei porque preciso dar um jeito de convencer meus pais a me deixarem sair também. Eles são muito chatos em relação a isso.

– Ah, os meus também são. Eu sempre falo que vou estudar na casa de uma amiga.

— Espertinha. Valeu pela dica – brinquei.

Descemos para almoçar, mas eu nem consegui comer direito. Fiquei planejando uma maneira de estragar aquele encontro. Algumas possibilidades:

1. *Amarrar a Carol no meu quarto.* Ok, talvez isso não a fizesse perceber o quanto ele era idiota.
2. *Ir junto e cortar todo o clima.* Também não ia funcionar. Eu só iria dar uma de vela e pareceria uma boba.
3. *Arrumar alguém para dar em cima dele bem na hora do encontro.* Assim, quando ela chegasse, veria tudo e nunca mais ia querer saber dele.

ISSO! Essa sim era uma boa ideia. Mas... quem???
Hum. Talvez Camila topasse.
Já tinha minha missão para o dia seguinte.
Carol e meus tios foram embora de casa no final da tarde. Fiquei tão empolgada criando maneiras de convencer Camila a ir àquele encontro que nem vi o tempo passar. Adormeci na sala depois de jantar com meus pais e tomar um banho bem quentinho. Nem cogitei ligar o computador e acessar o blog, porque obviamente eu não havia completado minha missão.

No outro dia, pela manhã, depois de acordar mais cedo e de me arrumar feito um foguete, desci as escadas bem rapidinho e saí em direção à porta. Escutei uma voz vinda da cozinha.

— Não vai tomar café? – era meu pai perguntando.

Meu coração ainda disparava ao ouvir a voz dele.

— Tô atrasada, pai, e preciso chegar cedo para fazer um trabalho de história – me recuperei da emoção e respondi com naturalidade.

— Nossa, mas no terceiro dia já? – ele perguntou surpreso.

— Pois é, papai. É o IFET.

— Boa sorte lá. Sua irmã ainda nem acordou. Vou dar um jeito nisso.

Saí pela porta e, a passos largos, cheguei ao colégio em menos de dez minutos. Precisava encontrar Camila antes de o sinal bater. Os ônibus escolares que traziam os alunos de cidades próximas ainda nem tinham chegado. Fiquei esperando do lado de fora do prédio, com o fichário na mão.

– Olá, mocinha! – E lá estava Fabrício de novo.

– Oi, bom dia! – Sorri, tentando não encará-lo ou demonstrar qualquer tipo de interesse.

– Chegou cedo hoje, hein? Algum motivo especial?

– Quero conversar com sua prima.

– Ah, a Camila. Ela já deve estar chegando. O ônibus de Miracema chega pouco antes das sete horas. Mas, enquanto isso, será que o primo dela serve?

– Bom, talvez sim. Estou no meio de uma missão e preciso de ajuda – eu disse, mordendo os lábios.

– Opa! Pode falar.

– É que uma prima minha está saindo com um cara que é um grande idiota. Ela apenas não sabe disso ainda – expliquei.

– Nossa, mas por que tanto ódio? O que ele fez para você? – Fabrício quis saber.

– Nada. Ainda. – Brinquei com uma pequena mecha do cabelo, pensando no que ele estaria achando daquilo.

Tentei olhar aquele diálogo de outra perspectiva e me dei conta de que parecia muito canalha, querendo separar a prima do namoradinho por ciúmes. Mudei um pouco meu discurso.

– Na verdade, ele deu em cima de mim. – Foi minha tentativa de corrigir qualquer impressão errada.

– E por que você não conta isso para ela?

– Ela não vai acreditar. Ela está muito apaixonada. Não quero arriscar estragar minha relação com ela por um cara qualquer, sabe? Por isso quero a ajuda da sua prima. Os pombinhos vão se encontrar hoje, e eu preciso estragar tudo – revelei de forma insistente, tentando convencê-lo.

— E em que momento minha prima entra na história exatamente? — ele levantou a sobrancelha.

— Você ainda não entendeu? Ela vai dar mole para ele, e é óbvio que ele vai corresponder. Nessa hora, minha prima vai chegar...

— Nossa, você tem assistido novelas demais, garota — Fabrício ironizou.

— Não estou brincando. É sério. Você vai me ajudar ou não? Sua prima é a única garota bonita que conheço e que minha prima nunca viu na vida — justifiquei.

— Olha, a Camila é do tipo certinha. Sabendo dessa história toda, jamais aceitaria participar da brincadeira. Mas, se eu der uma forcinha... — ele soltou um sorriso de canto de boca, com o olhar meio "moleque".

— Oba! Fico te devendo uma — exclamei.

— E pode ter certeza de que eu vou cobrar — ele disse, me encarando sério.

Nesse instante, o ônibus estacionou, e eu vi Camila pela janela. Não conseguiu esconder a cara de reprovação ao ver, mais uma vez, sua nova amiga conversando com o primo que costumava partir corações e magoar garotas desavisadas.

— E aí, pessoal? — ela disse ao descer as escadas do ônibus e se aproximar de nós.

Entramos para o colégio juntos e ficamos os três conversando por alguns minutos antes de o sinal tocar. Fabrício inventou que conheceu um garoto superlegal que tinha absolutamente tudo a ver com Camila. E inclusive, ao ver algumas fotos dela, tinha ficado muito interessado. Só que, como ele era muito tímido, ela teria de tomar iniciativa.

— É sério isso, gente? Eu tomar a iniciativa? Vocês realmente não me conhecem — ela desconversou.

Depois de muita insistência, Camila topou ir à sorveteria conhecer o tal interessado. Fabrício ofereceu sua casa para ela passar a noite. Telefonamos para os pais dela, e tudo estava armado.

A aula passou bem rapidinho. Tivemos matemática, português, geografia e filosofia. Fiquei na porta da sala esperando um dos dois passar. Primeiro, apareceu Fabrício.

– Somos uma ótima dupla. Bate aí! – Levantou a mão em minha direção, e eu correspondi, um pouco sem graça.

– Não coloque as coisas assim. Não sou vilã. Só estou salvando a vida da... digo, só estou ajudando minha prima a se livrar desse cara.

– Continuamos sendo uma ótima dupla. Aliás, Camila vai lá pra minha casa agora. Dou um jeito dela chegar à sorveteria umas 18h40, ok? – falou, comprometido demais para meu gosto, o que me deixou desconfiada.

– Ok. Vou passar na casa da minha prima para garantir que o encontro aconteça. Acho que também vou, para acompanhar tudo de pertinho. Escondida, claro.

– Poderíamos marcar um ponto de encontro – ele sugeriu, pensativo.

– Atrás do trailer de lanches da praça?

– Fechado. Te vejo lá – ele disse, caminhando na direção de um amigo que o estava chamando de longe.

– Vocês estão muito de conversinha... – Camila apareceu ao meu lado e foi logo reprovando nossa conversa. – Eu gosto muito do meu primo, Anita. Mas ele não costuma ser boa coisa quando o assunto tem a ver com garotas... Se eu fosse você, ficava esperta. – Ela me olhou com a expressão bem séria. – E, além disso, estou ficando com ciúmes – ela cochichou pra mim. – E com medo – completou.

– Tá tudo sob controle, capitã! – Sorri, e pisquei para ela.

Nos juntamos ao Fabrício e andamos lado a lado até o centro, onde meu trajeto de volta para casa se separava do deles. Me despedi da Camila com um beijinho no rosto e, na hora de dar tchau para o Fabrício, fiquei meio tensa. Nossas bocas quase se encontraram, porque eu ia dar um beijinho na bochecha e ele pensou em fazer exatamente o mesmo. Voltei para casa pensando naquilo.

O Fabrício estava me surpreendendo positivamente. Além de colaborar com meus planos (e guardar segredo), me fazia rir o tempo todo e ainda era muito gato. Mais que qualquer outro cara com quem eu já havia ficado na vida.

Sei que talvez essa fosse a técnica dele com todas as outras garotas, mas me aventurar naquela história ao lado dele me parecia bem divertido. Comecei a achar que voltar a ser adolescente de vez em quando não era tão ruim assim.

Cheguei em casa, fui logo para a cozinha e levantei a tampa da panela, para descobrir o que tinha para comer: bife à parmegiana, meu prato predileto! Comi duas vezes e sem nem um pinguinho de peso na consciência. Naquela época, eu ainda pesava uns 55 quilos e não precisava fazer força nenhuma para entrar na calça jeans.

Passei a tarde toda em casa. Era incrível ter tudo aquilo de volta, pelo menos por algumas horas. Minha coleção de revistas, a câmera analógica que ganhei da vovó no meu aniversário de 15 anos e, principalmente, a presença do meu pai.

Como ele não tinha horários definidos no jornal, às vezes aparecia em casa bem no meio da tarde. Por sorte, foi o que aconteceu naquele dia. Papai era apaixonado por literatura. Nossa sala parecia uma biblioteca pela quantidade de livros nas estantes. Mamãe vivia querendo jogar alguns mais antigos fora, mas aquele era o tesouro dele. Eu tinha o maior orgulho de dizer para os meus amigos que meu pai era responsável pelo jornal da cidade.

Assistimos juntos a *Esqueceram de Mim*, clássico que sempre passava na tevê à tarde. Só quando os créditos finais começaram a subir é que me dei conta de que já era bem tarde e eu precisava ir à casa da Carol para ver se o plano ainda estava de pé.

Troquei de roupa bem rapidinho e desci as escadas feito uma bala. Minha mãe estava na cozinha, então resolvi anunciar minha saída.

– Mãe, vou na casa da Carol, tá?

– Não vai tomar café, filha? O pão está quentinho – ela disse, me observando.

– Farei isso lá – respondi, enquanto seguia em direção à porta.

– Tudo bem então. Aliás, viu sua irmã? Ela ainda não chegou do colégio.

– Não. E também não a vi por lá – revelei. Aquilo tinha sido mesmo um pouco estranho.

– Essa menina deve estar aprontando alguma coisa – minha mãe resmungou.

Não conseguia me lembrar da minha mãe dando bronca ou pensando esse tipo de coisa da minha irmã santinha. Aliás, não lembrava muito de como minha irmã era nessa época. Enfim, depois arrumaria tempo para descobrir o que estava rolando com ela.

Abri a porta e fui em direção à Bela Vista, bairro em que meus tios moravam. Tinha me esquecido da quantidade de morros que aquela cidade tinha. Chegando lá, fui atendida pela minha tia e segui direto para o quarto da minha prima.

– Oi, Carol, tudo bem? – disse assim que ela abriu a porta depois de eu bater.

– Você por aqui no meio da semana? Que milagre! – ela sorriu enquanto ajeitava os cabelos.

– Vim te ajudar nos preparativos para o encontro – menti.

– Ah, ótimo. Já baguncei meu quarto inteirinho tentando encontrar alguma coisa legal para vestir. E tem de ser uma coisa legal, mas que não pareça que estou indo a um encontro. Meus pais não podem desconfiar.

– Deixa comigo.

De fato, o quarto dela estava uma bagunça. Uma montanha de roupas estava sobre a cama. Havia sapatos por toda parte. E eu tinha me esquecido do quanto a Carol tinha bom gosto. A decoração era linda. Móveis de boneca, papel de parede floral e uma máquina de costura.

Depois de experimentar umas 20 peças, chegamos à conclusão de que a melhor estratégia para não levantar suspeitas da família era colocar o vestido dentro da bolsa e sair de casa com uma roupa normal. Ela se trocaria na minha casa e então iria para o encontro. O melhor é que, dessa forma, eu conseguiria controlar os horários dela e ter certeza de que nada daria errado. E foi o que fizemos. Chegando em casa, vi que minha irmã só tinha aparecido no final da tarde e estava ouvindo broncas da mamãe. Resolvemos subir para o meu quarto correndo, para não acabar sobrando para a gente. Carol tomou banho e colocou o vestido que escolhemos, com estampa de florezinhas em um fundo preto.

– Você está tão bonita! – exclamei!

– Acho que a paixão faz isso com gente. O sorriso fica mais sincero, as roupas vestem melhor e a pele vira outra – ela disse, sonhadora.

– Pois é, mas ela também é perigosa. Por isso, antes de nos apaixonarmos por alguém, precisamos nos apaixonar por nós mesmos. É tipo uma lei. – Olha só o que eu estava falando!

– Nossa, por que tá dizendo isso?

– É só para você nunca se esquecer do quanto é incrível. Alguns caras fazem isso com a gente – eu já tinha ouvido aquilo em algum lugar...

– Vixe! Teve problemas com aquele garoto? O mais velho, da sua nova escola?

– Ainda não. Para falar a verdade, ele tem se mostrado um garoto bacana. Falaram que ele é galinha e tal, mas gosto de tirar minhas próprias conclusões.

– Hum. Vamos acompanhar.

Fiz uma maquiagem bem levinha nela. Nada de muito rímel ou lápis de olho. Sabe como é: por mais malvado que isso possa parecer, a previsão para aquela noite era de lágrimas a qualquer momento.

Me despedi dela na porta de casa, desejando boa sorte com um beijinho na testa. Saí em seguida, mas peguei um caminho diferente. Um atalho até a sorveteria. Quando cheguei ao centro, Fabrício já estava lá, bem atrás do trailer, como combinamos.

– E aí, tudo certo? – perguntei, dando um abraço e um beijo no rosto.

– Bom, minha prima está lá conversando com ele. – Então, apontou em direção à sorveteria.

Como planejamos, Camila estava ao lado do Eduardo. Conversavam e riam bastante. Ele, como sempre, parecia flertar com a garota sem culpa alguma.

– Será que vai funcionar? Acho que eles não vão se beijar...

– Calma, andei dando uns conselhos pra Camila. – Fabrício riu.

E então, como num passe de mágica, os dois viraram um só. Eduardo estava com uma mão na cintura de Camila e outra na nuca dela. Os dois se beijavam como um casal de namorados. E ele parecia querer puxá-la para outro canto.

– Meu Deus, o que você disse pra ela? – Eu estava totalmente surpresa.

– Fiz uma aposta. Disse que se ela escolhesse muito ficaria para titia. Para provar que isso não era verdade, ela disse que beijaria "meu amigo". Mesmo sem gostar dele.

– Nossa, você é bom nisso.

– Obrigado. – Ele deu uma piscadinha de lado e segurou na minha cintura.

Fiquei arrepiada, mas estava preocupada demais para pensar nessas coisas.

De repente, olhei para o lado e então vi a Carol atravessando a rua. Parecia cena de filme. Ela, ao ver os dois juntos, se transformou em uma estátua no meio da rua. Parecia ainda mais branca que o normal. No mesmo instante, um carro virou a esquina na maior velocidade. Não deu tempo de gritar ou de fazer qualquer outra coisa, quando me dei conta, ela já estava no chão, e com um monte de gente em volta.

Um alvoroço se formou, com gritaria e corre-corre. Pedi que Fabrício tirasse Camila dali naquele instante e saí correndo para ajudar. Alguém chamou a ambulância, ligaram para os meus tios e, em minutos, a cidade inteira só falava daquilo.
Culpa. Muita culpa.
Toda aquela confusão só estava acontecendo por minha causa.

Sem saber o que fazer, corri para o hospital, mas meus tios me mandaram embora de lá depois de um tempo, porque já estava ficando tarde e, na manhã seguinte, eu ainda tinha aula. Diziam que não adiantava eu ficar lá, pois não poderia ajudar de nenhuma maneira. E ninguém me contava nada nem dava notícias do estado dela. Minha mãe, que havia ido até o hospital também, assim como alguns outros parentes nossos, acabou me levando de volta para casa.

Chegando lá, me tranquei no quarto e disse meia dúzia de palavrões para o espelho. Não importava o que eu fizesse, nem o quanto minha intenção fosse boa, parecia mesmo que eu tinha o dom de estragar tudo. Até o que já estava estragado. Estava tudo uma droga.

Depois de alguns minutos, minha mãe bateu na porta do meu quarto dizendo que um amigo meu estava me esperando na sala.

– Amigo meu? – Estranhei bastante.
– Sim, um tal de Fabrício.
Ah.
Desci as escadas imaginando como ele tinha conseguido meu endereço.

– Oi, Anita, desculpe pelo horário, mas podemos conversar lá fora? – ele pediu tão educadamente que não tive como dizer não.
– Tudo bem.
Caminhamos o suficiente para ninguém escutar a conversa da janela.

— Olha, eu sei que seus planos não deram muito certo, mas eu fiz a minha parte — ele disse, um pouco sério.

— Não foi uma boa ideia. Errei de novo — disse, olhando para a calçada, me lembrando de tudo o que tinha acontecido.

— De novo? — perguntou sem entender.

— É que eu não faço outra coisa da minha vida, sabe? Tento mudar o destino, e, então, as coisas ficam piores que antes.

Naquele momento, ele tirou um maço de cigarros do bolso e começou a fumar.

— Você fuma? — me espantei.

— Sim. Quer um trago? — ele perguntou com a maior naturalidade.

Senti que ele estava um pouco entediado, como se estivesse de saco cheio de estar ali.

— Não, obrigada. Detesto cigarro.

— Então, gata, sinto muito pelo que aconteceu. Camila não entendeu nada. Só que agora ela tá no meu pé dizendo que venceu a aposta — falou, tirando o cigarro da boca.

— E qual era o prêmio?

— Minha coleção de CDs do Nirvana.

— Ah, entendi. Sinto muito — me desculpei, mas aquela era a última coisa que me preocupava.

— Bom, já entreguei pra ela. Agora chegou a minha vez de buscar meu prêmio. É por isso que estou aqui — ele me encarou.

— Oi? Como assim?

— Você me deve uma, né? Eu disse que ia cobrar. Pensei em começarmos com um beijo. — Ele sorriu, com o cigarro agora no canto da boca.

— Você tá doido!? Um beijo!? — exclamei bastante indignada.

E então ele me segurou pelo braço e encostou a boca na minha. Os lábios dele eram úmidos e macios, mas eu definitivamente não estava no clima. E aquele cheiro de cigarro... Eca! Tentei me soltar, e foi aí que ele me segurou ainda mais forte. Então, eu gritei.

Todos na rua começaram a olhar para a gente, e ele me soltou, resmungando. Fabrício olhou para os lados, sem graça. Em seguida, olhou fundo nos meus olhos. Sua expressão era de fúria. Nunca tinha sido encarada daquela maneira por alguém, pelo menos não até o casamento da minha irmã.

– Menina, você me paga! Todos vão saber quem você realmente é – ele disse pausadamente, enfatizando cada palavra, e saiu a passos largos e pesados.

Eu estava chocada, sem entender. Camila tinha me avisado, mas não escutei. E nem avaliei o tamanho do risco, para dizer a verdade. Fabrício parecia um cara muito legal, mas era de fato tudo teatro de quem achava que conseguiria qualquer garota.

Cheguei em casa, subi as escadas e entrei no meu quarto. Pronto, agora sim, havia terminado de estragar todo o resto. Me encostei à porta trancada e fui escorregando até me sentar no chão. As lágrimas não paravam de escorrer. Tudo o que eu consegui voltando no tempo foi estragar ainda mais a vida das pessoas que eu amo.

Misteriosamente, naquela hora, a tela do computador acendeu mais uma vez. Levantei, relutante, e então vi que o navegador estava aberto no blog. Um vento frio entrou pela janela, balançando a cortina. Fui até o computador. E aquela sensação terrível tomou conta de mim mais uma vez.

Fechei os olhos e esperei.

5

Até sem fazer nada você pode estragar tudo.
Às vezes, principalmente se não fizer.

Abri os olhos e notei que estava deitada na minha cama. Em São Paulo. No meu apartamento. Em 2015. Na minha vida aos 30 anos.

Era de manhã, e dei um pulo ao me dar conta de que já estava atrasada para o trabalho, de novo. Abri a porta devagarzinho para tomar uma chuveirada e vi que o Henrique ainda estava dormindo na sala. Vesti uma roupa qualquer e saí de casa minutos depois, com uma maçã na mão, para a gastrite não estragar ainda mais o meu dia.

Fiz meu caminho habitual mecanicamente, entrei na estação do metrô de modo automático e, sem nem perceber direito como havia chegado até ali, me vi entre um pensamento e outro, olhando as estações passarem. Fiquei tentando me convencer de que tudo aquilo não passava de um pesadelo horrível. Ainda tentei inventar vários motivos para a Helena não ter me reconhecido, uma amnésia, por exemplo, mas eram improváveis demais. O fato é que não adiantava mais negar que a experiência de voltar ao meu passado tinha sido real.

No trabalho foi uma chatice. Como sempre. Mais reuniões agendadas, mais fila de banco e muitos problemas dos outros para eu resolver. Ok. Pelo menos passei uma tarde sem pensar nos meus.

Antes do fim do expediente, mandei um SMS para o Henrique, perguntando se ele estaria em casa à noite. Ele respondeu que chegaria depois das 20 horas, então fiz planos.

Saí do escritório e comprei coisas no mercado, indo depois direto para casa. Tomei banho, coloquei ração e troquei a água de Catarina, e arrumei uma mesa bonita. Enquanto ele não chegava, resolvi fazer uma ligação. Não qualquer ligação. Procurei na minha antiga agenda de papel o número da minha prima. Liguei do celular.

– Alô! – Era a voz da Carol.

– Oi, prima, como você tá? – perguntei, com a voz cheia de esperança.

Silêncio por alguns instantes.

– Bem, e você?

– Também. Me conta, como tá sua vida?

– Não mudou muito desde a última vez que conversamos.

– Quando foi mesmo?

Não fazia ideia do que minha intervenção no passado havia causado no presente.

– Ué, no casamento da sua irmã, sábado. Anita, você está bem?

– Tô. Por que não estaria? – disse, um pouco sem graça.

– Hum. Deixa eu pensar. Quem sabe porque você me humilhou na frente de todo mundo e teve um ataque de nervos? E porque agora me liga perguntando se estou bem, como se nada tivesse acontecido.

– Você se casou? – perguntei, surpresa.

– Meu Deus! É mais sério do que eu imaginava.

– Não. Calma aí. Minha próxima pergunta fará você me achar ainda mais louca, mas farei mesmo assim. – Já que ela estava me achando maluca mesmo, resolvi arriscar.

– Ah, é? Não sei se isso é possível, mas em geral é ruim contrariar gente louca. Então pergunte. Esta situação não pode ficar mais bizarra mesmo...

— Você perdoou aquela traição? — soltei a queima-roupa.
— Do que você tá falando?
— Quando você e o Eduardo ainda ficavam. Quinze anos atrás.
— Eu não quero falar sobre isso — seu tom era sério.
— Mas eu preciso saber — supliquei, mesmo sabendo que meu crédito com ela era quase nenhum.
— Você é inacreditável, sabia? Quase estraga o casamento da sua irmã, me faz passar por uma das situações mais constrangedoras da minha vida e ainda por cima quer falar sobre o passado.
— Sim — respondi com firmeza, tentando assim arrancar uma resposta ou alguma informação que me esclarecesse os acontecimentos.
— Então tá, vou refrescar sua memória, se é que isso vai ajudar: seu plano mirabolante para me separar do Eduardo não funcionou. Um amigo do terceiro ano na época, o Fabrício, foi me visitar no hospital no dia seguinte ao acidente e me contou tudo. E, pro seu governo, aquilo só serviu para me unir ainda mais ao Eduardo, que também foi ao hospital, e foi tão fofo que passou até a me acompanhar nas sessões de fisioterapia depois. E já que estamos remexendo nisso, vou te confessar que acho que você fez aquilo porque tinha uma queda pelo Eduardo, e o que queria mesmo era roubar meu namorado. E deve ser por isso que o odeia hoje. Você queria a minha vida, queria estar casada com ele. E fez todo o escândalo no casamento porque é louca. Porque é egocêntrica e frustrada! — e então ela começou com o mesmo discurso do banheiro.
— Tudo bem, me desculpe. Foi um erro. Tudo. Esta ligação também foi um erro. Tchau.
Desliguei o telefone sem dar chance para ela falar mais e suspirei.
É. Não adiantou nada.

Escutei o barulho da chave na fechadura e me animei um pouco ao ver o Henrique chegando. Ele me olhou e deu um sorriso.

– Oi! Como foi seu dia? Hum, que cheiro bom! O que temos para o jantar?

– Yakissoba – respondi, contendo o entusiasmo, mas disfarçando minha tristeza com o acontecido.

– Pelo cheiro, deve estar gostoso – elogiou.

– Foi exatamente o que eu disse ao vendedor quando ele me entregou o pacote.

– Então você parou de mentir sobre o fato de saber cozinhar? – disse brincando, enquanto colocava suas coisas na mesinha de centro.

– Tem como mentir pra você? – falei, sorrindo.

– Hum, talvez você tenha descoberto uma técnica. Porque, pela sua expressão, sei que tem alguma coisa acontecendo, mas a senhorita não me contou ainda. – Ele me encarou.

– Tá, eu conto. Mas só se você me contar antes onde esteve a tarde toda.

– Ah, também conto, mas você tem que parar de ficar mudando de assunto desse jeito. – Ele conseguia falar coisas sérias em tom de brincadeira.

– Todo mundo tem seus segredos. – Também entrei na onda de falar coisas sérias brincando.

– Bom, vou te contar onde estive, tá? Só me deixa tomar um banho e vestir uma roupa mais confortável. Essa poluição de São Paulo acaba comigo – ele disse, indo em direção ao banheiro.

– Com todos nós, amigo. Com todos nós – confirmei.

Minutos depois, ele saiu do banheiro. Vestia uma bermuda verde e só. O cabelo estava molhado, mas penteado. Foi impossível não reparar em como o corpo dele tinha mudado desde a última vez que o vi sem camisa. Não era tão magro como eu me lembrava e tinha músculos definidos. Não tive como não achar atraente. Disfarcei abrindo as embalagens do jantar.

— Pronta para a hora da verdade? — ele brincou.

— Bom, você está com um sorriso de canto a canto no rosto. Não pode ser uma coisa ruim — respondi sincera, e aquilo aguçou minha curiosidade.

— E não é. — Ele desviou o olhar. — Conheci uma pessoa.

— Jura? Aqui? Em dois dias? Cara, você é rápido! — Fiquei muito incomodada, o que para mim foi inesperado, e não consegui conter a irritação.

— Não, né, sua boba! Conheci pela internet. Nós estamos conversando há meses. Não disse nada porque... Ah, porque não. — Ele parecia muito entusiasmado.

Senti um nó na garganta. Uma súbita perda de apetite. Foi como se alguém tivesse pegado a única parte do meu coração que se mantinha inteira e espremido com força. Comecei a pensar em tudo o que o Henrique havia me falado desde o final de semana. Então, o motivo da viagem para São Paulo não havia sido apenas eu. *Ah, como eu era bobinha!*

— E como ela chama? — eu perguntei o nome, mas queria mesmo saber todos os detalhes.

— Bianca. É jornalista da Folha Online. Nos conhecemos porque deixei um comentário em um artigo dela no site. Ela respondeu, e então acabamos nos adicionando nas redes sociais.

Eu era mesmo uma idiota por pensar que fosse importante na vida do Henrique e que isso bastaria. Por mais amigos que tenhamos, todo mundo sempre quer alguém ao lado para amar e ser amado. Todo mundo busca uma pessoa que ajude tornar a vida mais leve e espante um pouco da solidão que bate de vez em quando. É lógico que não haveria de ser diferente com o Henrique. Talvez a Carol tivesse razão e eu fosse mesmo muito egocêntrica. Mas aquilo me incomodou de um modo diferente.

— Acabamos descobrindo que temos muita coisa em comum, desde gosto musical até sonhos, sabe? – ele continuou.

— Sei. – Balancei a cabeça em afirmação, seca, já nem querendo ouvir mais.

— E nós nos encontramos pessoalmente pela primeira vez ontem. – Os olhos dele transmitiam alegria.

— Posso saber quando o senhor pretendia me contar isso? – Tentei reagir àquilo da melhor maneira que pude. E sem que ele percebesse o que eu estava sentindo de verdade.

— Hoje, oras. Quando eu tivesse plena certeza de que isso pudesse virar algo sério.

— Algo sério? – indaguei tão rápido que ele mal teve tempo de terminar de falar a última palavra.

— Sim, algo sério.

— Sério tipo, relacionamento sério? – Ele não poderia ter chegado a essa conclusão assim tão rápido. Era cedo demais, não era?

— Tipo isso.

Então meu melhor amigo estava perdidamente apaixonado. E eu não era a mulher mais especial que ele conhecia...

***

O resto da semana se arrastou. Não acessei o blog nenhuma vez. Não tinha motivos para querer voltar no tempo e fazer qualquer coisa. Ou pelo menos tentar fazer, porque eu nem tinha certeza se eu possuía algum tipo de controle sobre a coisa toda. E também não tinha coragem de arriscar. Apenas trabalhei e ouvi o Henrique contar um milhão de histórias sobre a tal jornalista. Sobre os livros de que ela gosta, sobre os lugares que ela quer conhecer, sobre o jeito que ela sempre o surpreende. Foi assim até sexta-feira, quando cheguei ao meu limite e fiz uma proposta assim que voltei para casa do trabalho.

— Vamos sair amanhã? Assim eu finalmente conheço a Bianca e você para de tentar descrevê-la para mim. O que acha? – Foi a minha tentativa de fazer alguma coisa a respeito do que eu estava sentindo. – Não que eu não goste de você falando dela, tá? – falei, achando que precisava remendar minha fala para não parecer outra coisa.

– Ótima ideia – ele concordou facilmente, para meu espanto.

– Pensei em uma balada. Me convidaram para uma no Facebook ontem.

Eu odiava balada. Mais que qualquer outra coisa na vida. Preferia ficar em casa o fim de semana todo olhando para o teto a ter de levar meu corpinho para um lugar desses e ainda pagar para ficar no meio de uma multidão de bêbados. Mas, nesse caso, pensei que fosse algo do agrado dele... E pensar que logo que me mudei para São Paulo, quando tudo era novidade, dançar até o dia amanhecer era o meu programa preferido.

– Hum. Que tal um bar? – Henrique fez uma contraproposta, enquanto se acomodava ao meu lado no sofá.

– Um bar?

– Sim, senhorita. Já perdi a conta das vezes que ouvi suas reclamações sobre baladas. "Ah, sou velha demais para ir a lugares assim." "Nunca vou conhecer alguém interessante num lugar onde não dá para conversar." Ou a clássica: "Você já ouviu as músicas que tocam lá?". Assim você fica mais à vontade.

– Ah, é... – Às vezes era irritante como ele me conhecia.

– É. Mas vamos a algum bar bem legal. Te mando as instruções por mensagem amanhã de manhã, tá? Preciso sair – disse já levantando. – Bianca está me esperando no metrô.

E, de repente, a chave estava girando na fechadura, com o Henrique trancando a porta pelo lado de fora.

A casa ficou em silêncio. Catarina deitou ao meu lado, no sofá. Acariciei sua barriga com as mãos, até ela fechar os olhos e adormecer. Sempre gostei da solidão, mas me sentir sozinha o tempo todo era realmente uma droga. Era sexta-feira, a noite estava prestes a começar, e eu sem nenhuma vontade de sair de casa, nenhuma vontade de mudar o corte do meu cabelo ou pintar as unhas dos pés. Era como se o tempo tivesse roubado um capítulo da minha própria vida. Justamente aquele em que as coisas acontecem.

Fui até o computador e abri o Facebook. Uma amiga do trabalho me chamou no chat e perguntou: "O que você tem feito da vida?". E eu respondi: "O que a vida tem feito de mim seria uma pergunta melhor".

Olhei mais um pouco da minha timeline e resolvi dormir cedo. Só que acordei no meio da madrugada em um sobressalto. Tive um pesadelo horrível. Fui até a sala e vi que o Henrique não estava. Peguei o celular na estante e mandei uma mensagem para ele.

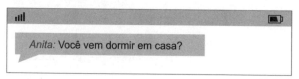

Anita: Você vem dormir em casa?

Vi que ela foi lida segundos depois, mas ninguém respondeu.

Foi aí que me dei conta de que as pessoas que conseguem nos deixar em paz também podem ser as pessoas que mais conseguem nos tirar a paz.

Fiquei olhando da janela do meu quarto. Todos aqueles prédios enormes. Em cada janela, uma história que eu nunca vou saber. Luz apagada. Luz acesa. Luz apagada. Luz apagada. E a minha, sempre acesa.

Acordei no outro dia, e o Henrique não estava em casa. Aquilo me deixou profundamente magoada e até preocupada. Ele nunca havia feito isso antes. Além do mais, se estava hospedado na minha casa, poderia ter dado notícias. Uma mensagenzinha pelo menos.

Peguei o celular e deslizei a tela para ver se tinha chegado alguma coisa. Nada. Nadinha. Era um monólogo. Eu e a falta que o meu melhor amigo fazia.

Quase na hora do almoço, o celular apitou:

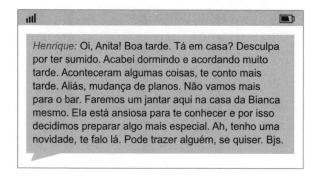

Henrique: Oi, Anita! Boa tarde. Tá em casa? Desculpa por ter sumido. Acabei dormindo e acordando muito tarde. Aconteceram algumas coisas, te conto mais tarde. Aliás, mudança de planos. Não vamos mais para o bar. Faremos um jantar aqui na casa da Bianca mesmo. Ela está ansiosa para te conhecer e por isso decidimos preparar algo mais especial. Ah, tenho uma novidade, te falo lá. Pode trazer alguém, se quiser. Bjs.

Quem? A Catarina?

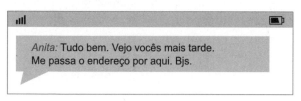

Anita: Tudo bem. Vejo vocês mais tarde. Me passa o endereço por aqui. Bjs.

Aquela mensagem ficou na minha cabeça o resto do dia. Parecia que alguém tinha embalado meu coração a vácuo. Que vazio! Que aperto!

Bom, já que iria à casa da moça, queria vestir algo bacana. Então fui ao shopping para comprar um vestido novo e aproveitar para almoçar. Olhei vitrines e entrei em uma loja que tinha um modelo que achei bonito. Como se a grana estivesse sobrando assim...

Ah, tudo bem, pensei. *Meu melhor amigo não prepara um jantar com a namorada perfeita todos os dias.*

Assim que terminei de comer na praça de alimentação, fui ao banheiro e, nesse instante, recebi uma mensagem com o endereço do apartamento da Bianca. Logo pesquisei no Google Maps para saber como chegar. Não ficava tão longe de casa. Moro na Vila Mariana, e ela, nas proximidades do metrô Santa Cruz. Bem perto até. E dava para ir de metrô.

Voltei para casa e me arrumei sem muita vontade, mas até que gostei de vestir a roupa nova. Saí para pegar o metrô. Fui andando da estação Santa Cruz até a porta do prédio dela.

Toquei o interfone, anunciei meu nome e o porteiro me deixou entrar logo em seguida. Dentro do elevador, dei uma olhada no espelho, arrumei a franja e respirei fundo. Caminhei pelo corredor escuro até encontrar a porta do 61. A luz automática aparentemente não estava funcionando, e usei o celular para iluminar o caminho e enxergar o número na porta. Toquei a campainha e escutei alguns passos.

A porta se abriu e vi que Bianca era exatamente como o Henrique havia descrito. Linda. Beijinho para cá, abraço para lá e eu entendi um pouco do entusiasmo do Henrique com ela. Era alta, mesmo sem salto. Seu cabelo era castanho claro, quase loiro, e cacheado, perfeitos para os olhos verdes e para seu sorriso, que ocupava uma boa porcentagem de seu rosto delicado. Aliás, ela sorria o tempo todo. Tinha algumas sardinhas, e, ao contrário da maioria das pessoas que eu conhecia, não tentava escondê-las com maquiagem. Que autoconfiante!

O apartamento também era bem bonito. Colorido. Havia plantas espalhadas pela sala e na janela, algumas caixas pelo caminho. A luz ambiente vinha de um abajur meio avermelhado. Talvez eles quisessem deixar o clima mais intimista.

– Adorei a decoração. Parabéns, Bianca! – eu estava sendo sincera.

Deve ser incrível morar ali, pensei.

– Muito obrigada. Mesmo! Sinta-se à vontade. Vou tirar o frango do forno – ela respondeu, com muita gentileza.

E ainda sabe cozinhar...

Henrique me levou até a sala de jantar. Sentamos à mesa e começamos a conversar baixinho:

– E então, o que você achou dela? – ele perguntou, segurando minhas mãos.

– Simpática. Tem bom gosto. – Sorri, sem jeito, e sem dizer que eu achava muito mais que aquilo, para não valorizá-la demais.

— SABIA! Vocês têm o jeito muito parecido.
Aham. Ela é uma versão minha que deu certo, pensei.
— Talvez, se tivessem tido a oportunidade, seriam melhores amigas. É bizarro imaginar que existem milhões de pessoas no mundo que têm tudo a ver com a gente, mas que jamais vamos conhecer, né? — ele continuou, com visível entusiasmo.
— Sim. Muito obrigada por fazer isso, viu? — eu disse ironicamente.
— O que foi? — ele indagou, limpando o sorriso do rosto e trocando-o por uma expressão preocupada.
— Nada. Só tô implicando. — Dei um sorriso forçado e, com a ponta dos dedos, apertei o nariz dele.
Naquele momento, Bianca entrou no cômodo e anunciou que o jantar estava pronto. Pediu ajuda para buscar os pratos. O cheiro estava incrível! Meu estômago roncou e eu fiquei morrendo de medo de ter sido alto demais.
O jantar não foi tão ruim quanto eu imaginava. Bianca era mesmo uma garota incrível. Os assuntos não acabaram e não rolou aquele silêncio constrangedor. Bem que o Fabrício disse que eu era uma ótima atriz.
Pedi para usar o banheiro quando ela disse que ia buscar a sobremesa e Bianca apontou para o caminho do quarto dela.
— Pode usar o banheiro do meu quarto mesmo. Desculpe, mas estou redecorando o banheiro social, então não dá para usar, está tudo em obra ainda.
Levantei da mesa e logo escutei o estalo de um beijo dos pombinhos.
Argh!
Tranquei a porta do banheiro e fiquei olhando no espelho. O que ela tinha que eu não tinha? Ok. Eu podia fazer uma listinha:

1. Um apartamento incrível
2. O trabalho dos sonhos
3. Sucesso profissional e reconhecimento

4. Talento para cozinhar
5. Bom gosto para decoração
6. Beleza e elegância naturais
7. Gentileza, bom humor e educação o tempo todo
8. Grana para pagar uma pós-graduação
9. Um namorado incrível
10. Com certeza mais algumas coisas que eu nem sabia ainda...

Era melhor eu parar de ficar pensando naquilo. Passei um pouquinho de gloss, lavei minhas mãos e saí. Estava indo em direção à porta quando vi no quarto uma pilha de envelopes de papel sobre a cômoda. Pareciam cartas antigas. Fiquei tentada e curiosa.

Pensei: *Não estraga tudo aqui também. Não estraga tudo aqui também. Não estraga tudo aqui também.*

Mas em um segundo lá estava eu, de volta ao banheiro, com uma das cartas nas mãos. Peguei a que estava em cima de todas, só para saber do que se tratava. É claro que não era uma carta para mim, só que, para meu espanto, era uma carta *sobre* mim.

Paris, 2 de dezembro de 2014

Oi, Bianca, como está seu dia?
Adoro o fato de não saber exatamente quando esta carta vai chegar até você. Por isso gosto de mandar cartas à moda antiga, como já te disse, e não e-mails instantâneos, para assuntos sérios, como este é para mim, quando posso abrir meu coração com alguém que saiba me ouvir. Para mim, escrever à mão, com papel e caneta, ajuda até a pensar melhor.

Espero que esteja lendo isto em uma tarde chata e que, de alguma forma, esta carta te distraia por alguns minutos. Estou escrevendo, mais uma vez, para falar sobre o que ando sentindo.

Você perguntou na última carta sobre como anda meu coração, né? Meus casos rápidos estão cada vez mais rápidos. Conheço pessoas incríveis diariamente, no trabalho, no trem, na praça... E amo estar vivendo aqui, mas sinto que falta alguma coisa. Sinto que falta alguém.

Prometi que não falaria mais sobre ela nestas correspondências, eu sei. Mas quando escrevo sobre como me sinto, acabo sempre colocando algo dela antes do ponto final.

Dizem que amigos são aquelas pessoas que sabem todos os nossos segredos e, ainda assim, gostam da gente. Ela não sabe de todos os meus. Em especial, não sabe deste, mas continuo chamando-a de amiga e conversando sobre os relacionamentos dela, como se isso não doesse nem um pouquinho em mim.

Você deve ter me achado o cara mais babaca do mundo. Deixei aquele comentário no seu texto sobre amor platônico como desabafo. Ainda bem que você me respondeu. Eu estava prestes a me declarar. Ainda mais porque tinha acabado de saber que em alguns meses teria de ir ao Brasil e iria encontrá-la pessoalmente.

Queria que ela reparasse em tudo aquilo que eu não digo. Só que ela parece ignorar. Passo dias sem escrever, e ela só se lembra de mim quando algo dá errado com ela.

Se sou a solução dos problemas dela, por que, me diz, eles continuam acontecendo e eu continuo aqui?

Um abraço e obrigado por tudo,

Henrique

Li a carta pelo menos cinco vezes. Analisei cautelosamente a caligrafia, o rabinho do "A" e as curvinhas do "M". Não tinha como eu estar enganada, só podia ser sobre mim que o Henrique estava escrevendo. E é claro que era o *meu* Henrique, só ele escrevia assim. Mas o que estava escrito ali não fazia o menor sentido para mim. Ele nunca demonstrou interesse. Nem na faculdade, quando nos conhecemos. Nem depois de formado, quando recebeu a proposta de trabalho e simplesmente se mudou do país.

Naquele exato momento, um filme começou a passar em minha mente. Lembrei-me de alguns momentos em que talvez ele tenha dado alguma pista sim. Como quando contei da minha primeira vez. Foi em uma ligação que fiz no meio da madrugada, era quarta ou quinta-feira. As coisas não saíram exatamente como planejei. Foi mais ou menos assim:

– Henrique, é você? – perguntei.

– Sim, Anita, você ligou para o Henrique, então, foi ele que atendeu. Que horas são, hein?

– Umas quatro da manhã... Ai, desculpa... – disse, num cochicho.

– E você tá me ligando por algum motivo especial? Digo, além de me acordar e tal.

– Sim. Aconteceu. – Suspirei.

– O que aconteceu?

– Minha primeira vez – falei como quem contava um problema.

Ele ficou em silêncio por alguns segundos. A respiração dele mudou.

– E por que você não está feliz? Não era o que tanto queria? – ele falou bem sério.

– Mais ou menos. É que... Não foi como eu imaginava.

– Você queria velas e flores, né? Seu namorado, ou seja lá como vocês batizaram esse relacionamento, não é bem o tipo de cara que planeja essas coisas – ele falou, em um tom compreensivo, mas ao mesmo tempo, acusador.

— Não tô falando disso — retruquei, impaciente.
— Então qual é o problema?
— É que eu não sei se consegui. Não tenho certeza se não sou mesmo mais virgem. Eu estava tensa demais... Fiquei me sentindo suja. Imaginando o que o meu pai pensaria se soubesse que eu estava ali.
— E onde foi? — quis saber.
— Em um motel, na estrada. O único lugar em que ninguém nos descobriria. O quarto parecia cenário de filme. DE TERROR. Onde a qualquer momento poderia aparecer um bandido e matar todo mundo. Como alguém consegue fazer isso ali? Eca — eu disse, quase chorando.
— Calma, você vai se esquecer disso. Assim como se esqueceu do seu primeiro beijo traumatizante. Eu acho... — o tom da fala dele era agora carinhoso.
— Não vou não. Estou com nojo de mim. Me senti uma atriz de filme pornô olhando o reflexo no espelho — ia dizendo, e as lágrimas não paravam de cair.
— Olha, sinceramente, eu não sei o que te dizer. Avisei um milhão de vezes que você não é obrigada a fazer algo que não tem vontade — ele falou para me consolar.
— Eu sei, mas prometi para ele que estaria pronta depois do final do semestre, quando o resultado das provas fosse divulgado. — Suspirei. — E eu me saí bem. Ele disse que precisávamos comemorar.
— Esse cara é um babaca — Henrique resmungou, bravo.
— Eu sei.
— Então agora você concorda comigo?
— É que ele foi meio grosso. Nós brigamos.
— Como assim?
— Eu não estava conseguindo ficar à vontade e aí pedi para ir pra casa.
— E ele não te levou?
— Sim, mas disse um monte de besteiras antes. No carro, chegou a gritar que a culpa era minha. Disse que eu não

confiava o suficiente nele e que o nosso namoro não era prioridade para mim.
— Não liga para o que ele disse. Sério. Você é a garota mais incrível que conheço, e eu sou a maior testemunha de que você se dedicou ao máximo para esse relacionamento (se é que podemos chamar de relacionamento) dar certo.
— Também não precisa falar assim, né? — disse, meio chateada.
— Quer que eu fale como?
— Só me diga algo que vai fazer as coisas melhorarem.
— Dorme. E desliga essa música melancólica.
— Então tá. Obrigada. E desculpa pelo horário.
— Tá. Tchau. — Ainda escutei um profundo suspiro.
— Tchau.

Também me lembrei de quando nós nos conhecemos, no campus da faculdade. Eu estava sozinha e atrasada, era meu primeiro dia de aula, então não fazia ideia de em qual daqueles prédios enormes minha sala ficava.

Henrique apareceu com um sorriso e perguntou se eu precisava de ajuda. Eu achei o cabelo dele engraçado, a camiseta, de alguma banda de rock de que eu não lembro o nome, estilosa, mas o que mais me chamou atenção foi o fato de ele estar segurando um violão. Eu tinha lido um artigo na revista *Superinteressante* que falava justamente sobre aquilo. Que, teoricamente, os caras ficam mais atraentes quando estão segurando um instrumento musical.

Eu me aproximei e perguntei sobre o prédio. Ele me indicou qual era e o caminho, mas eu não resisti e fiz uma outra pergunta, na sequência.
— Você sabe tocar?
— Faço faculdade de música. É o que nós fazemos por lá.

Nós rimos, e ele me disse que me acompanharia até o prédio, que ficava do outro lado do campus. No caminho, fomos nos conhecendo. E foi engraçado porque eu não me senti atraída por ele. Como homem, digo. Só que, por algum motivo, desde aquele dia nós não nos desgrudamos mais. E muito porque o Henrique me procurava. Faz sentido agora...

Houve também o episódio da formatura da faculdade, que aconteceu dias antes da minha mudança para São Paulo. Era madrugada. Nós estávamos bêbados, no meio da pista já quase vazia na festa. Ele me abraçava de lado pela cintura, e nós cantávamos alto "We Are The Champions", do Queen. Quando a música acabou, ele se virou para mim e disse:

– Eu te amo.

Mas, na minha cabeça, um "eu te amo" não significa "eu te amo e quero te beijar" quando ambos estão bêbados e prestes a se formar, né? Na época presumi que não era um amo de amar. Que tonta! Talvez fosse.

Sabe aquele capítulo que comentei estar faltando na minha vida? Talvez ele tenha acontecido sim, e eu apenas não o li direito. Passei correndo por essa parte sem captar seu significado, como fazemos quando estamos lendo um livro grosso apressadamente e sem prestar muita atenção.

De repente, alguém bateu na porta do banheiro e me tirou de minhas lembranças.

– Tudo bem aí? – Era o Henrique. – Algum problema, Anita?

– Não, está tudo bem. Já estou indo – respondi, voltando a mim.

– Bianca está com medo de a comida não ter te feito bem – ele disse, num tom brincalhão.

– Imagina. Diz pra ela que estava uma delícia. É só coisa de mulher, estou indo – falei tentando justificar a quantidade de minutos que passei lá dentro.

Coisa de mulher...

Coisa de mulher trouxa que perdeu o amor da sua vida para a Miss Simpatia, concluí.

Calma, Anita. Raciocina. Em que momento da história ele deixou de te amar e começou a amar outra? Talvez ele tenha se cansado de me esperar, respondi em pensamento.

Talvez ela tenha dito tudo o que o Henrique queria ouvir, e, então, ele arrumou outro jeito de ser feliz. Era isso. Eu já era passado, sem nunca nem ter tido ou ter sido um presente.

As lágrimas começaram a escorrer. Não estava triste; na verdade, estava com raiva. Muita raiva. Não podia gritar, então eu chorava. Precisava sair dali. Queria ficar sozinha. E se eu inventasse que estava mesmo passando muito mal? Tipo uma cólica terrível ou uma dor de cabeça insuportável que só resolveria dormindo?

Olhei no espelho, limpei o que borrou do lápis de olho. Abri a porta bem devagar e coloquei a carta exatamente onde a encontrei. Voltei para sala e me sentei no meu lugar.

– Desculpem pela demora. Na verdade, não estou me sentindo mesmo muito bem – justifiquei.

– Poxa, o que você tem? – Bianca perguntou solícita.

– Só uma dor de cabeça. Acho que tô ficando velha. Mesmo sendo sábado, nesse horário meu corpo já pede cama.

– Entendo – ela disse com cumplicidade. – Mas quem sabe se sinta melhor se relaxar? Experimenta a sobremesa. Vai adoçar sua noite!

A sobremesa estava posta na mesa e parecia uma escultura colorida. Peguei um potinho em forma de pera que estava ao lado e comecei a me servir.

– Bem, Henrique, você disse que tinha uma novidade? Quer contar agora? – perguntei, já querendo encerrar a noite por ali.

– Bianca recebeu uma proposta de trabalho.

Fiquei pensando o que é que aquilo tinha a ver comigo.

– Na França! – ela completou.

Não. NÃO. NÃO!!!

– Ela vai trabalhar em um jornal de lá e vamos dividir um apartamento – Henrique falava como se fosse realmente uma boa notícia. Mas para mim não era.

– Nossa, que rápidos! Nem sei o que dizer. Parabéns. – Foi o que saiu, fazer o quê?

— Ela mandou currículos para um monte de empresas. O mais legal é que a faculdade em que ela faz pós-graduação tem um programa de intercâmbio, então ela vai poder continuar estudando lá também.

Puxa, mais essa.

— Vive la France! — eles brindaram.

E eu só levantei o copo e dei um sorriso amarelo. Mas a minha vontade mesmo era jogar tudo o que estava ali dentro bem na cara deles.

Passamos o resto da noite falando sobre a cultura francesa e os lugares que ela queria conhecer na semana em que chegasse lá. Foi impossível desviar meu olhar do Henrique.

Quando você descobre que alguém te ama, tudo o que essa pessoa faz parece ser para chamar sua atenção. Quando você descobre que alguém te amou, tudo o que você faz é tentar chamar a atenção dessa pessoa. Só para saber se ali dentro ainda sobrou um pouquinho de sentimento.

Mas parecia que não havia sobrado nada. Nadinha.

Ele nem reparou no quanto toda aquela noite me machucava. Tudo bem. *Nada bem.* Talvez eu tenha feito isso dezenas de vezes com ele e não percebesse também.

Só que já era tarde. Em todos os sentidos. Pedi um táxi pela internet, e o celular tocou quando o carro estacionou em frente ao prédio.

— Meu táxi chegou, preciso ir. Obrigada por tudo, Bianca. Foi um jantar lindo. E parabéns pelas novidades. — Quis parecer educada e amável também.

— Adorei conhecer você, depois de ouvir tantas coisas pelo Henrique. Espero que a gente possa se encontrar mais vezes! — Aquele discurso sempre perfeitinho já estava me irritando...

A filha da mãe nem parecia sentir ciúmes (ou pelo menos era o que aparentava). Como alguém pode ser tão segura? Tudo bem, não sou o melhor partido do mundo, mas o amor não dá a mínima para essas coisas. Ou dá?

– Você vai dormir aqui? – perguntei para o Henrique.
– Vou sim. Vou ajudá-la a empacotar as coisas para a viagem. Amanhã cedo passo lá na sua casa, tá?
"Passo"?
– Beleza. Boa noite e, mais uma vez, parabéns. – E pensar que tantas vezes ele disse algo assim para me deixar feliz, querendo dizer exatamente o contrário.
– Obrigado. Você é uma ótima amiga.
E então ele me abraçou. Meu nariz encostou no moletom dele, e eu senti cheiro de roupa limpa. Amaciante, talvez. Aquela não era uma despedida, mas meu coração considerou que fosse. Fiquei na ponta dos pés e disse, sussurrando:
– Desculpa.
Então ele olhou fundo nos meus olhos.
– Por quê?
Mas eu nem tinha como responder. Uma lágrima escorreu pelo meu rosto, e eu só consegui virar as costas e sair andando. Por sorte, o elevador estava parado naquele andar. Nem mais uma palavra. Nem mais um olhar.
Saí pela portaria, entrei rapidamente no carro, e o taxista que estava me esperando queria puxar papo. Como sempre, percebeu o pouco sotaque mineiro que ainda me restava. Listou as cidades que conhecia em Minas Gerais, e ficavam todas do outro lado do estado. Eu não conhecia nenhuma delas, e nem se conhecesse ia falar. Só queria ficar em silêncio. Pedi para dar uma volta a mais na cidade, indo até a Rua Augusta, na região mais próxima do centro.
A Augusta é tipo o Beco Diagonal, da história do Harry Potter. Não tem bruxos, mas tem pessoas tão estranhas quanto a autora descreve no primeiro livro. Digamos que é a parte *underground* de São Paulo. A cada passo, é uma surpresa garantida. Não há preconceitos de ninguém e com ninguém. Para falar a verdade, já passei muitas madrugadas por lá. Perdida. Tentando me encontrar. Em cada festa. Em

cada *pub*. Contando a minha vida para estranhos que não davam a mínima.

Quando cheguei em casa, fui logo tirando o sapato de salto e largando minha bolsa no sofá. Catarina me recebeu se entrelaçando em minhas pernas. Dei a ela um brinquedo que estava em cima da geladeira e ela começou a se divertir. Pelo menos alguém naquela casa estava feliz.

Tomei um banho quentinho, vesti o meu pijama de algodão e me enfiei debaixo do edredom. Fiquei encarando o mural de cortiça pendurado na parede. Henrique estava presente em boa parte das fotos, sempre ao meu lado. Sempre sorridente.

Como eu não percebi nada antes?

Na faculdade, ele fazia música, mas andava com o pessoal de administração. Vestia xadrez e nunca cortava o cabelo. Não ligava para a opinião dos outros, e era isso o que eu mais gostava nele.

Peguei o notebook e abri o Facebook.

Quando a gente está triste, triste mesmo, parece que precisa chegar ao fundo do poço para então, finalmente, olhar para cima e ver que existe uma luz em algum lugar. Só que é preciso ir para a direção oposta à que estava seguindo para encontrá-la. Naquele momento, meu corpo ainda estava leve com a queda. Era como se eu ainda estivesse a caminho do fundo.

Entrei no perfil do Henrique e comecei a buscar mais pistas. Deveria haver outros vestígios de um amor que não existia mais. Rolei a tela por alguns minutos, para ver as postagens mais antigas. Fui acompanhando suas publicações e notando o quase fim de uma melancolia.

Eu amava aquela foto do perfil dele. Ele estava sentado na grama, olhando para o horizonte, com uns óculos Ray-Ban marrons. Ele sempre foi meio assim, sabe? Introspectivo e sentimental. Achava que tinha a ver com a personalidade. Mas o problema era eu.

É incrível como a palavra "problema" sempre combina bem com a palavra "eu".

Passei meia hora olhando fotos antigas, tentando lembrar as coisas que ele disse. As palavras que meus ouvidos não deixaram meu coração saber a tempo.

Então, eu tive uma epifania.

Talvez nada tenha dado certo porque o que eu tentei mudar foi a vida de outras pessoas, e não a minha. Aqueles erros e aquelas escolhas que eu estava tentando mudar simplesmente não eram meus, mas de terceiros, e não dá para desviar o curso dos acontecimentos da vida dos outros. Eu não estava buscando mudar a minha vida, mas a vida de outras pessoas.

Se eu quisesse mudar *minha* vida, eu teria de mudar a mim mesma e fazer escolhas diferentes, tomar caminhos diferentes. E não tentar fazer isso com os outros.

Era isso! Quem tinha de mudar era eu.

E eu ia começar mudando algo fundamental: ia mostrar para o Henrique que ele era muito importante para mim. Desde sempre. Mas eu nunca tinha me dado conta do quanto e de que maneira.

Sim, eu precisava conquistá-lo. Porque eu não tinha percebido até então, mas aquele sentimento todo que eu nutria por ele não era só afeto de amigo. Era amor. Só que eu não admitia nem para mim... quanto mais para ele.

E eu conhecia uma maneira de mudar minhas escolhas e decisões do passado, para ter um presente diferente e mais feliz.

O blog!

Sim. Aquela era a chance que eu tinha de conseguir consertar as coisas.

Entrei no link e, para meu espanto, havia um terceiro post.

6

*E no final das contas amar é simples:
encontrar alguém que realmente se importe.*

Um desabafo
11 de fevereiro de 2000, sexta-feira, 20:33

Eu queria ser uma pessoa melhor, mas só agora entendo que ser uma pessoa melhor não tem nada a ver com ser melhor que alguém.

Calma, eu explico. Todo mundo diz que o que eu sinto é inveja. Para falar a verdade, nem eu entendo por que fiz aquilo, mas agora não adianta resmungar. Tá feito. Já pedi desculpas, me humilhei e estou pagando o preço por ter pisado na bola. Sei que confiança é algo importante em qualquer relação, seja amizade ou namoro, mas, às vezes, as pessoas esquecem absolutamente de tudo o que fizemos por elas durante anos. Basta um errinho só, e então nós já vamos para a lista negra. Isso deveria ser proibido.

Também quero reclamar dos caras que se acham. Não suporto esse tipinho. Como se todas as garotas do mundo estivessem à disposição deles. Eles são tão bonitos que nem se preocupam em ser legais. Oi?

Alguém precisa ensinar como é que as coisas funcionam. Não que essa pessoa seja eu...

Papai e mamãe continuam brigando, dessa vez porque minha irmã anda dispersa. Aposto que mais cedo ou mais tarde também vai sobrar para mim.

Tudo bem. Tudo isso vai passar. Às vezes, a gente perde, às vezes, a gente ganha.

E eu vou continuar postando.

Aquela sensação já conhecida começou novamente. Tudo começou a girar rápido, e eu, instintivamente, fechei os olhos. Mas foi difícil mantê-los fechados por muito tempo. Ao abri-los, fiquei aliviada por estar novamente com 15 anos.

Eu estava em minha cama, ainda de pijama, como se tivesse acabado de acordar. E realmente me sentia descansada. A manhã parecia já estar no fim, e o sol batia diretamente no meu rosto.

Ainda um pouco ofegante, saltei da cama e fui logo tirando o pijama e escolhendo uma roupa bonita para vestir. Naquele dia, aquilo seria importante. Desci as escadas e, aparentemente, não havia ninguém em casa. Tudo estava silencioso demais para um sábado.

Eu tinha um plano muito bem definido e sabia exatamente o que deveria fazer.

Abri a porta do armário da sala e derrubei na mesa todas as moedas que mamãe escondia em um pote verde. Ela sempre colocava lá o troco do pão da tarde, pois tinha a intenção de que um dia aquilo se transformasse em um sofá novo. Sinto muito, mamãe, por estragar seus planos, mas eu precisava daquele dinheiro. Em algum momento, daria um jeito de repor.

Minha intenção era clara. Eu ia comprar uma passagem de ônibus até Cataguases, a cidade em que, naquele ano, o Henrique ainda morava. Para encontrá-lo e conquistá-lo, eu teria de ir até ele. E já que eu tinha descoberto que poderíamos ser felizes juntos, por que não desde a nossa adolescência?

Com 15 anos de idade, meus pais jamais me deixariam ir de ônibus, desacompanhada, até outra cidade. Afinal de contas, naquela época eu não tinha experiência nenhuma em me virar sozinha. Só que agora era apenas meu corpo que tinha aquela idade. Minha cabeça era já experiente.

O dinheiro era suficiente para as passagens de ida e de volta, o que foi um alívio. Nesse ritmo, minha mãe não ia conseguir comprar um sofá tão cedo... Pus as moedas em um envelope que achei e coloquei dentro da mochila. Saí então de fininho, deixando um recado na geladeira dizendo que passaria o dia estudando na casa de uma amiga.

Tinha aprendido aquilo com a Carol!

A viagem não demoraria mais de meia hora, já que as cidades eram próximas, e eu nem precisava ir até a rodoviária, porque o ponto de ônibus próximo da casa dos meus pais, que ficava bem em frente à igreja, fazia parte do trajeto daquela linha intermunicipal. Só que, no interior, todo mundo se conhece, sabe seu nome e sobrenome, e até onde você mora. E eu não podia correr o risco de ser vista por alguém conhecido, que poderia comentar com alguém lá de casa. Então resolvi ir para outro ponto. Subi o morro do Bela Vista e, em frente ao cemitério, esperei o ônibus chegar.

Ele não demorou a chegar. Entrei rapidamente e paguei. O ônibus estava cheio. Havia um monte de gente que eu nunca havia visto na vida (ainda bem!). Uma criança chorava desesperadamente no colo da mãe. Desejei mil vezes ter colocado o meu discman na mochila, mas havia me esquecido. Ainda procurei mais uma vez e, ao abrir o zíper, me dei conta de que só tinha mesmo o dinheiro, óculos de sol, meus documentos e um batom com gostinho de chocolate.

E foram mesmo só trinta minutos de viagem. Desci um ponto antes da rodoviária de Cataguases, conforme o trocador me orientou. Fazia tempo que não ia àquela cidade, então teria de pedir informação para conseguir me localizar.

Como era começo de tarde de um sábado, os bares da cidade já estavam cheios, e o comércio começava a fechar. Senti cheiro de frango assado vindo de um restaurante da esquina. Meu estômago roncou e eu me lembrei de que ainda não havia comido nada.

Atravessei a rua e cheguei a uma praça enorme, um dos lugares de que ainda me lembrava desde a última vez em que estive lá (o que aconteceria anos depois, se é que você me entende). Sentei no banco de cimento que ficava embaixo de uma quaresmeira. Contei as moedinhas e me dei conta de que eu só tinha grana para comprar a passagem de volta. Não daria para lanches no caminho. Ok, eu aguentaria. Tinha passado por tanta coisa pior ultimamente que nem me importava.

Caminhei até o outro lado da praça e vi que alguns senhores jogavam baralho. Perguntei onde ficava a quitanda do seu Moacir, e eles, gentilmente, me explicaram o caminho.

Meu coração batia mais rápido a cada esquina que eu dobrava. Conhecer o Henrique naquela época era como conhecer outra pessoa; afinal de contas, ele só tinha 15 anos e não sabia nada da vida. Provavelmente, ainda nem tinha escutado seu primeiro CD do Radiohead.

Aquilo era incrível! Mas assustador ao mesmo tempo.

Por mais que eu estivesse empolgada por ter encontrado uma possível solução, um atalho para chegar até o tão esperado final feliz para a minha vida, parte de mim carregava ainda o peso da culpa, pois era como se eu estivesse trapaceando com o destino. Mas se o próprio destino havia me permitido viver aquela situação, e de um jeito que eu nem entendia direito, eu deveria ir em frente.

Só que eu respirava fundo e algo me incomodava. Era como um pressentimento ruim. Mas resolvi não dar tanta importância. Expliquei para mim mesma que aquilo talvez fosse causado pela própria esquisitice da situação que eu estava vivendo. Ou pela minha culpa, sei lá. Então apenas segui meu caminho.

Atravessei a ponte, subi dois morros e, então, lá estava a casa do Henrique, ao lado da quitanda do seu Moacir. Era exatamente como eu me lembrava. Na frente havia um portãozinho branco, que escondia um pequeno jardim. Na verdade, tinha apenas uma árvore. Uma jabuticabeira.

Bati palmas três vezes e esperei para ver se alguém aparecia.

Primeiro veio um cachorro latindo e fazendo a maior festa. Era o Toddynho. Lembro porque já havia visto algumas fotografias dele no álbum de família do Henrique, que me contou sua história. O pobre coitado morreria no ano seguinte, atropelado por um carro de polícia. Henrique sempre se lembrava dessa data. Era um dia triste para ele, mesmo já estando na faculdade, anos depois.

Abaixei e fiz carinho nele através da grade do portão, falando baixinho seu nome. Eu estava distraída com o cachorro quando ouvi uma voz de mulher.

– Oi, em que posso te ajudar? – era dona Alda. Estava com um vestido branco e por cima um enorme avental. Provavelmente estava com comida no fogão, ou arrumando a cozinha depois do almoço.

– Gostaria de conversar com o Henrique – eu disse, tentando parecer educada.

– Ele saiu. Foi na biblioteca da cidade – dona Alda respondeu, limpando as mãos no avental.

– Faz muito tempo? – indaguei.

– Uns 20 minutos.

– Obrigada. – Eu já ia saindo, quando ouvi ela fazer mais uma pergunta.

– Ei, qual é o seu nome mesmo? – ela quis saber.
– Anita.
– Ah, sim, direi que você esteve aqui querida – Ela acenou e entrou de volta para a casa.

Ela provavelmente pensou que eu era uma amiga da escola, da sala dele, e estava ali para fazer algum trabalho de colégio. Deixei que ela pensasse assim, e segui pelo mesmo caminho pelo qual cheguei até lá.

A biblioteca municipal de Cataguases era bem famosa e ficava em outra praça, próxima daquela em que o ônibus parou. Se eu conseguisse chegar a tempo, talvez ainda o encontrasse lá dentro, provavelmente, lendo algum livro de ficção científica, gênero que adorava.

Conquistar o Henrique e convencê-lo de que eu era o amor da sua vida em seu lugar preferido da cidade talvez fosse mesmo um pouco mais fácil, imaginei.

Minutos depois eu estava ditando os números do meu RG para a moça da recepção da biblioteca. Após fazer meu cadastro, entrei em uma sala enorme com alguns sofás estampados, que dava acesso a um corredor cheio de portas, cada uma delas com uma pequena placa de madeira sinalizando a categoria dos livros disponíveis no cômodo. O cheiro dos livros e a poeira me fez lembrar a casa da vovó.

Esfreguei o nariz e continuei andando.

As estantes iam do chão ao teto e, como o tamanho dos livros era irregular, eu conseguia ver facilmente através delas. Se ele estivesse por lá, eu iria avistá-lo.

A biblioteca estava relativamente cheia para um sábado. Talvez muita gente fazendo trabalho de escola. Ou talvez porque as pessoas ainda não tivessem desenvolvido tanto o hábito de ler na internet. Era estranho imaginar um mundo ainda sem redes sociais e smartphones. Não fazia tanto tempo assim, mas a tecnologia evoluiu rápido. Convenhamos, seria muito mais fácil sondá-lo no Facebook. Eu o adicionaria em um dia, conversaria por algumas horas no outro e, pronto, nós já seríamos bons amigos. Por outro lado, sem os celulares, eu tinha uma sensação maior de liberdade. De realmente estar em algum lugar e isso não ser da conta de ninguém. E de poder ficar *realmente* próxima das pessoas, e não apenas virtualmente.

Escutei uma voz familiar vinda do outro canto da sala. Minha garganta ficou seca. Olhei para as minhas mãos e me dei conta de que estava tremendo.

Me escondi atrás de uma estante, mas percebi que isso era uma bobagem; afinal de contas, ele não me conhecia ainda e eu poderia passar ao seu lado sem que absolutamente nada acontecesse. Então relaxei. Respirei fundo eu me virei para ver se ele ainda estava lá e, desajeitada como sempre, acabei derrubando alguns livros no chão.

A moça da biblioteca veio me ajudar e perguntou se estava tudo bem. Meu rosto ficou corado, eu disse que sim e pedi desculpas umas cinco vezes seguidas. Enquanto isso, alguém vinha se aproximando.

Era o Henrique!

Ele media um palmo a menos do que eu estava acostumada. Suas bochechas eram bastante rosadas, como as de um bebê. O corte de cabelo que ele usava também era bem diferente, mais comprido e com muito gel. Ele tinha algumas espinhas na testa e no queixo, mas o que me deixou realmente assustada foi a roupa que ele vestia. Ele usava um tênis preto e meias listradas que iam até o meio da canela.

Por alguns segundos, tive vontade de rir. Era como se eu estivesse assistindo à primeira temporada de nossas próprias vidas. Me dei conta de que, quando a gente é adolescente, dois anos fazem toda a diferença.

Ficar encarando-o por tanto tempo fez com que ele me olhasse de volta.

De uma hora para a outra, todo o discurso que ensaiei mentalmente no ônibus desapareceu. Droga! Eu só precisava fazer aquele garoto me amar. Não era para ser tão complicado assim. Afinal de contas, naquela fase da vida dele, eu o conhecia mais do que ele mesmo. Sabia o nome da música que seria a sua preferida, mesmo que ela nem tivesse sido escrita ainda. Sabia qual era seu prato predileto. Sabia qual era a profissão que ele ia ter.

Pensando bem, eu me apaixonaria por alguém que me dissesse, aos 15 anos, o que eu iria fazer da vida. Você não?

– Oi! – eu disse sorrindo.

– Oi! – ele respondeu meio desconfiado.

– Tá lendo o quê? – eu não fazia ideia do que dizer. Precisava de algo que o fizesse responder com palavras de mais de uma sílaba.

– Gibis, e você?

Fiquei feliz que ele tivesse me perguntado algo de volta. Tinha conseguido estabelecer contato!

– Ainda não decidi. Estou escolhendo – foi o que consegui dizer.

– Entendi. – E, então, ele saiu andando.

Hum... Era cedo demais para cantar vitória.

Tudo bem. Henrique sempre foi tímido, e não era a cara dele conversar com uma desconhecida na biblioteca. Mas vê-lo simplesmente dar as costas para mim doeu um pouquinho.

– Ei, seu nome é Henrique, né? – Tive que improvisar para não encerrar a conversa por ali.

– Sim, como você sabe? – Ele me fitou, desconfiado.

Hein, Anita? Como você sabia?

– É... Que eu ouvi alguém dizer lá na entrada – continuei, apesar de parecer uma resposta meio esfarrapada. – Sou de Imperatriz, conhece?

– Sim, já fui lá algumas vezes.

– Estranho nunca ter te visto. Sabe, é uma cidade pequena, eu me lembraria de ter visto você.

– Hum. – Ele pareceu não se convencer com minha história.

Ai. Acho que me ferrei...

– Calma, não me entenda mal.

Nessa hora fizeram "shhhhhhhh" para a gente. Acho que falei um pouco alto demais.

– Tudo bem. Preciso ir agora. O almoço deve estar quase pronto. Até mais.

Então eu o segui até a saída. Eu não desistiria assim tão facilmente.

– Conheci sua mãe agorinha – eu disse, tentando começar de novo um assunto.

– Sério? Por quê? – ele estranhou.

Quer conquistar um garoto? Diga que você conheceu a mãe dele.

– Ela é costureira, né? Fui levar um vestido para arrumar – respondi, orgulhosa do meu raciocínio rápido.

– Ah, entendi.

Ficamos alguns segundos em silêncio. Ele preencheu a ficha do livro que queria levar emprestado e fez sinal de que precisava ir.

– Posso te fazer companhia? Digo, meu ônibus deve sair em alguns minutos, e o caminho até sua casa é praticamente o mesmo que até o ponto.

Era óbvio que, naquele momento, ele definitivamente já me achava a garota mais estranha do mundo.

– Tá. Tudo bem – ele concordou indiferente.

Tenho certeza de que qualquer outro garoto acharia um máximo ter uma garota interessada puxando conversa. Mas o Henrique, aos 15 anos, parecia só ter olhos para o gibi do Batman.

– Você também gosta de quadrinhos? – ele perguntou.

– Sim. Adoro – respondi, caprichando no entusiasmo, para ver se surtia efeito.

– Legal. Quais você conhece?

– Faz tempo que não leio.

Tipo uns dez anos, pensei. A última vez que tinha lido quadrinhos foi quando ele mesmo me deu um de presente de aniversário, no primeiro ano de faculdade. No passado. Ou melhor, no futuro. Que confusão...

– Os últimos lançamentos não estão mesmo lá essas coisas. – Ele pareceu querer mostrar certa cumplicidade, o que era ótimo. Ou então só estava sendo coerente, vai saber...

– É. Me disseram – concordei com o que ele dizia.

Ficamos mais uns instantes em silêncio, quando resolvi fazer uma pergunta.

– Henrique, deixa eu te perguntar uma coisa? Você acredita em destino?

– Não – disse secamente, apressando o passo, para o meu desespero.

– Mas deveria – retruquei.

– Por quê? – ele pareceu interessado.

– Digamos que é porque eu tive um sonho esta noite. E você estava nele. – Naquele momento o encarei, tentando prender sua atenção.

– Mas você disse que não me conhecia. Isso é impossível – ele concluiu.

– Sim, por isso te encarei tanto na biblioteca. Fiquei muito surpresa – respondi ousadamente.

– E a história de ter deixado um vestido para minha mãe arrumar hoje? – Ele ergueu uma sobrancelha.

– Isso foi coincidência.

– Não acredito em coincidências.

Ai.

O problema da mentira é que você se esquece dos detalhes.

– Mas é verdade! – apelei.

– Você é estranha. – O tom dele era sério e desconfiado.

– Não é a primeira vez que me dizem isso – falei com sinceridade.

Não era a primeira vez que *ele mesmo* me dizia aquilo.

Estávamos próximos do ponto de ônibus. Era só virar a próxima esquina. E eu não fazia ideia do que mais dizer ou fazer. Coloquei todo o meu futuro naquele garoto desajeitado, que mal conseguia manter os óculos na cara, e comecei a ver toda a minha estratégia começar a ruir.

Então parei de andar por alguns instantes. Ele se virou para trás e me olhou.

– Parou? Não vai continuar?

– Antes eu preciso fazer uma coisa.

Ele ficou me encarando com seus cabelos clareados pelo sol e as bochechas ainda mais rosadas que antes. Dei mais um passo e me aproximei bastante do Henrique. Encostei minha mão de levinho na dele. Fechei os olhos e fiquei esperando ele me beijar.

Não aconteceu.

– O que foi isso? – ele perguntou confuso.

– Achei que...

– Olha, não sei qual é a sua, menina. Te achei bonita e tal, mas algo me diz que isso tudo é uma brincadeira de mau gosto e que não vai terminar bem – ele falou, parecendo irritado.

– Isso não é uma brincadeira. Nunca falei tão sério na minha vida. Eu realmente gosto de você.

Não importa quanto tempo passe, nosso coração sempre terá 15 anos.

– Mas a gente nem se conhece!

– Nunca ouviu falar de amor platônico?

– Sim – ele respondeu, dando uma pequena pausa antes, como se tivesse pensando na questão seriamente.

– Então...

– Olha, desculpe, eu realmente não quero te machucar. Não sou do tipo de cara que faz isso. Seja lá qual for seu jogo, não tenho interesse em fazer parte. Talvez você queira provocar ciúmes em alguém. Ele é desta cidade? Estuda na minha escola? Eu já vi essa cena em um monte de filmes. Mas eu não sou a pessoa adequada, ok? Eu te garanto que não sou. Além do mais, tenho mesmo que estar em casa em alguns minutos – falou muito seriamente e apenas saiu andando, a passos largos.

Logo virou a outra esquina e sumiu de vista. Obviamente, não queria ser seguido por ninguém.

Meu coração se despedaçou. Ele estava certo, e eu, mais uma vez, completamente equivocada. Um garoto de 15 anos sabia mais que eu. E ele era um garoto de 15 anos muito parecido com o Henrique, mas que ainda não era o amor da minha vida.

***

Voltei para casa muito decepcionada. A viagem de ônibus durou uma eternidade, mas por sorte não havia ninguém ao meu lado, e eu consegui chorar em paz.

Quando cheguei em casa, naquela tarde, meus pais estavam assistindo TV na sala. Dei um sorriso de lado, abaixei a cabeça e comecei a subir as escadas em silêncio. Passei o resto do fim de semana comendo, assistindo *Friends* e tentando me recuperar da vergonha de ter levado um fora daquele jeito.

Se por um lado era bom estar perto do meu pai novamente, e lembrar que quando eu era adolescente a vida era mais fácil, com problemas menos complexos, por outro eu tinha questões bem grandes a serem resolvidas, que impactariam o resto da minha vida.

De qualquer maneira, minha prima Carol tinha acabado de sair do hospital, e todos só falavam daquilo. Apesar de ela estar passando bem, precisando só ficar de repouso por alguns dias, era óbvio que não queria me ver nem pintada de ouro.

Na segunda-feira, me arrastei para o colégio, achando que as coisas poderiam já estar melhores. Mas estava enganada. Todos ficaram sabendo do meu plano mirabolante e, obviamente, queriam distância de mim. Fabrício espalhou para a escola inteira, porque estava com raiva de mim, e fez questão de contar até para os professores. A pior parte é que ele tinha ganhado a confiança da minha prima. Justo ele! E a culpa era toda minha; afinal, fui eu que o coloquei na vida dela.

Aliás, essa coisa de apresentar amigos nem sempre é uma boa ideia, porque se um deles se chateia com você, em vez de ter um problema, você terá dois. Você vai ficar imaginando o que eles estão dizendo, o que estão fazendo. Se antes eram seus amigos, depois se tornam mais amigos entre si. E, muitas vezes, você vira a inimiga.

Cheguei em casa desanimada. Meu pai, que me conhecia como ninguém, foi conversar comigo.

– O que aconteceu, mocinha? – perguntou, acariciando minha cabeça.

– Nada. Só estou exausta.

– Estudou muito? As matérias já estão tão complicadas assim? Fale com sua irmã. Ela pode te ajudar.

Meu pai era mesmo muito atencioso. Se ele não tivesse partido tão cedo, acho que tudo seria muito diferente para mim.

– O problema não é a escola, papai. É a vida.

– Por que a vida de uma menina de 15 anos estaria tão complicada assim?

– Você não entenderia... – disse, desistindo da conversa.

– Não se você não me contar.

Concordei em falar e o chamei para sentar ao meu lado na cama. Não custava tentar.

– Eu sempre estrago tudo, sabe, papai? Queria ser como as pessoas que eu amo esperam que eu seja, pelo menos uma vez na vida.

– Você é exatamente como eu espero que você seja.

– Eu sei, eu sei. Mas para o resto do mundo eu sou um fracasso.

– Olha, achei que esta nossa conversa aconteceria só daqui a alguns anos, mas, tudo bem, podemos tê-la agora.

Ele colocou minha franja para trás da orelha, com os dedos, e começou a falar com enorme amor e compreensão.

– As pessoas vão sempre esperar coisas da gente, Anita. Ao conhecer e conviver com alguém, criamos nossos próprios julgamentos e expectativas. A vida, de fato, não é como nos contos de fadas. Não existe vilão ou mocinho, bruxa ou princesa. Existem, sim, pessoas que pensam diferente de você. O valor que você dá para cada uma delas é o que realmente importa. O ponto é que fazer amizades não é só esperar que as pessoas sejam gentis e queiram ouvir nossos problemas. Para se relacionar com alguém, você também precisa se esforçar. Não é seguro colocar todas as suas expectativas em uma pessoa.

– Então como é que faz? A gente sai espalhando nossas expectativas por aí? – eu perguntei com muito interesse, porque queria mesmo saber a resposta.

– Não – ele disse. – Nós devemos colocar expectativas apenas em nós mesmos. E nos esforçarmos para ser o melhor que podemos. E, se não pudermos, não devemos nos frustrar, porque todo mundo erra. Todo mundo falha.

Eu o abracei bem forte e comecei a chorar. Ele pegou a coberta, fez sinal para eu encostar a cabeça em sua perna, e, então, adormeci. E dormi a noite inteira.

Acordei com o barulho da conexão da internet. Sozinha.

Presumi que era hora de voltar para o presente.

7

*Quantos dias cabem
na saudade que sinto de você?*

Acordei com uma dor de cabeça muito forte. Se eu tivesse o costume de beber, diria que era uma ressaca daquelas, que fazem a gente não aguentar olhar para bebida nenhuma por semanas.

Senti também uma sede incontrolável, como se a coisa mais valiosa do mundo fosse um copo de água bem gelada. O estranho é que, quando me levantei da cama para ir à cozinha buscá-lo, me dei conta de que os móveis estavam em uma disposição completamente diferente da última vez em que estive ali. E o mural de fotos da parede estava parcialmente vazio.

Sem parar para analisar o que poderia ter acontecido, atravessei a sala e abri a geladeira. Vi garrafas de vinho e fiquei tentando me lembrar de quando exatamente eu havia comprado aquilo. Eu teria passado mais alguns minutos ali com a porta aberta, tentando descobrir, mas minha cabeça começou a latejar novamente.

Sentei no sofá e virei o copo de água em segundos.

Nada daquilo fazia sentido. Por que eu mudaria tanto assim minha casa em dois ou três dias? Aquele, teoricamente, teria sido o tempo em que eu "estive fora".

Peguei o celular para ligar para Henrique, e busquei nos meus contatos do smartphone. Nada. Mas nós tínhamos trocado SMS, eu tinha de tê-lo na agenda do celular. Estranho... Busquei por apelidos e nada também. Olhei as mensagens antigas e então me surpreendi. Era o mesmo modelo de aparelho, mas aquele nem parecia meu celular. Havia mensagens de texto trocadas com pessoas desconhecidas: Paula, Mari, Duda, Ricardo, Rodrigo, Manu... Continuei deslizando o dedo na tela. Quem eram aquelas pessoas?

Enlouqueci de vez! Só podia ser isso.

Resolvi entrar no chuveiro quente para relaxar e pensar com mais clareza. Aí tive mais uma surpresa. Quando tirei a blusa do pijama, na frente do espelho, notei que havia uma tatuagem na minha costela. Era uma frase escrita em inglês. Me contorci todinha para tentar ler o que estava escrito.

You only live once.[*]

A me olhar com mais atenção, percebi que meus ossos saltavam. Era como se aquele corpo nem fosse mais o meu. Sem querer me gabar, eu estava visivelmente mais bonita, mais magra. Reparando melhor, dava para ver que meus seios pareciam ter mudado também. Estavam bem maiores, como se eu tivesse colocado silicone ou estivesse usando um daqueles sutiãs de bojos gigantes da Victoria's Secret. Credo! Aquilo era assustador, mas, ao mesmo tempo, maravilhoso. Talvez o Henrique fosse gostar mais daquela nova versão...

Saí do banheiro e abri o guarda-roupa. Não reconheci boa parte das peças que estavam penduradas nos cabides. Peguei qualquer coisa confortável sem pensar muito e sentei no sofá da sala com o notebook no colo. As coisas não andavam muito normais, admito, mas aquilo era muito estranho, até para mim, que já estava me acostumando com coisas inusitadas.

A página inicial do meu navegador ainda era o Facebook, e estava logado no meu perfil, mas a foto já não era a mesma

---

[*] Só se vive uma vez.

de antes. Também não fazia ideia de quem eram aquelas pessoas adicionadas como amigos.

Alguma coisa estava muito errada. Era como se eu fosse outra pessoa.

Digitei o nome do Henrique no campo de busca. O perfil dele também havia mudado. Não tinha mais aquela foto de antes, sentado na grama, mas a localização continuava a mesma. Olhei a descrição.

Henrique Viana
🎓 Estudou no(a) instituição de ensino UFJF 🏠 Mora em Paris
📍 De Cataguases 💼 Professor de música na empresa Centre Sèvres

Tentei falar com ele no chat e não consegui. Tentei escrever na timeline dele e nada. Um aviso muito estranho apareceu no centro da tela. Li em voz alta:

"Você não tem permissão para executar esta ação."

O quê? Como assim?

Estava com tanta raiva que quando finalmente consegui fechar o aviso, me dei conta de que eu e o Henrique não éramos amigos naquela rede social.

E então, rasgando minha garganta e perfurando meu coração, a ficha caiu: Henrique não me conhecia. Aquela conversa que tivemos no passado, de alguma forma, havia mudado tudo. Exatamente como aconteceu com a Helena.

Só que com ele não fazia o menor sentido. Eu poderia mudar todos os dias da minha vida ou viver em um universo paralelo por décadas, mas em nenhuma dessas hipóteses eu deixaria de ser amiga do Henrique. Não era uma possibilidade.

Minha vida seria uma droga se ele não estivesse lá o tempo todo para me ouvir resmungar isso!

Não pensei duas vezes antes de vasculhar seu álbum de fotos. A internet estava especialmente lenta esse dia, então, enquanto as fotos carregavam, fiquei morrendo de raiva ao imaginar que, talvez, a nova "namoradinha" dele o tenha obrigado a me deletar de todas as redes sociais.

Mas não, o Henrique não era do tipo de cara que mudava de personalidade por se apaixonar. Talvez porque tenha passado toda a vida apaixonado pela mesma: eu.

Toda a vida não. Grande parte dela.

Quando a página de fotos finalmente abriu na tela, vi um álbum chamado "Bons tempos". Cliquei rapidamente, na esperança de encontrar alguma foto nossa juntos.

Vi que todos os amigos que tínhamos em comum na época continuavam lá. Eu até conseguia me lembrar de algumas festas, como a Calourada da UFJF, ou o dia em que nós fomos escondidos a um show dos Engenheiros do Hawaii, em Muriaé. Cliquei e fui vendo, uma a uma, prestando bastante atenção nos detalhes e no rosto das pessoas. E percebi que eu não aparecia em nenhuma delas. Nem de "Robert". Nem por engano.

Talvez a namorada tenha mandado o Henrique apagar, pensei. Mas será que ele ia obedecer?

Eu já conheci muitas namoradas ciumentas na vida. Inclusive, já fui uma. Aquilo não era bem um namoro, admito, mas eu estava apaixonada, e o cara se declarou para mim. Acreditei por um bom tempo que era a única na história. Não me sentia segura porque, óbvio, ele não agia exatamente como falava, então eu vivia vasculhando seus SMSs e ligava de hora em hora para saber se ele estava com alguém da minha listinha negra.

Lista negra da Anita

1 – amigas bonitas (ou com peitos grandes)

2 – ex-namoradas

3 – amigos solteiros que poderiam estragar nosso "relacionamento"

Não me entenda mal. O cara era um gato, popular na universidade, de família rica e com bom papo, principalmente com as garotas. Parecia a versão brasileira do Ian Somerhalder. Eu quase tive um treco quando ele disse, com aqueles olhos azuis brilhantes, que estava afim de mim. Era muita areia para o meu caminhãozinho. Era o deserto inteiro de uma só vez. Não deu certo no final, mas isso já estava óbvio no momento em que eu disse que ele era a cara do Ian, né?

Henrique não tinha nada a ver com ele. Era maduro (até demais) para sua idade e não dava a mínima para aparências. Apesar de ser bonito, não fazia tanto sucesso com as mulheres. Era meio que um Seth Cohen, sabe? Tanto no jeito de ser quanto na aparência. Não me lembro de vê-lo tão empolgado com relacionamentos, mas quando estava se encontrando com uma garota, era um verdadeiro príncipe encantado, independentemente das pessoas que estavam por perto. Eu costumava achar isso fofo, mas não *daquele* jeito.

Acho que quando a gente é adolescente e passa tanto tempo assistindo a essas séries de televisão, nas quais o cafajeste se transforma no cara ideal por causa da mocinha, acabamos superestimando os relacionamentos e esperando que os nossos romances da vida real sejam tão cheios de aventura quanto o da nossa personagem predileta.

E até podem ser, mas uma hora isso perde a graça. E aí mora uma triste realidade: na vida real, as lágrimas duram mais que uma cena. Os episódios tristes demoram meses para acabar. E as temporadas mudam, é o que dizem, mas as coisas permanecem exatamente iguais dentro de você.

Era exatamente isso que eu estava sentido naquele momento. Era como se eu tivesse passado toda a minha vida em busca de algo e, na verdade, o que eu buscava estava bem pertinho de mim.

Gostar do melhor amigo é loucura. Qualquer adolescente de 15 anos sabe muito bem disso. Passar a vida sem perceber que seu melhor amigo é apaixonado por você é maldade. Das piores. É como ser promovida à vilã da história. Isso porque, quando você é melhor amigo de alguém, teoricamente você o conhece mais que qualquer outra pessoa no mundo.

Eu jurava que as coisas eram assim entre mim e o Henrique, até me dar conta dos detalhes que deixei passar despercebidos. Dos olhares que nunca se cruzaram sem querer. Dos abraços que não eram só abraços. Dos conselhos que, no final das contas, também poderiam ser chamados de declarações de amor.

Parecia que eu estava havia horas vendo aquele perfil no Facebook, mas olhei o relógio no canto da tela e só dez minutos se passaram. Não consegui ver muito mais do que aquelas fotos (onde eu não aparecia). O mural dele era bloqueado para desconhecidos.

E eu era uma desconhecida para ele.

Deixei escapar uma lágrima, que caiu no teclado. Depois mais uma. Então eu disse bem baixinho:

– Conta pra mim, Henrique. Cadê você?

Por mais que eu estivesse com um péssimo pressentimento, ainda havia uma esperança: tudo aquilo devia ser coisa da Bianca, a namorada ciumenta. Seria uma boa explicação. Imaginá-los sozinhos naquele apartamento lindo dela me dava calafrios, mas ainda era melhor que imaginar minha vida inteirinha sem o Henrique.

Era involuntário, mas a cena vinha à minha mente o tempo todo. As mãos do Henrique deslizando bem devagarzinho pela cintura dela, empurrando-a para cama, no quarto, onde eles passariam as próximas horas e depois fariam planos para os anos seguintes. Quantos filhos? Quantos cachorros? Férias em Amsterdã?

Levantei do sofá em um salto e resolvi que precisava ir atrás do Henrique, e ele só poderia estar na casa de Bianca. Abri o guarda-roupa mais uma vez, para vestir algo decente para sair de casa. Fui jogando as roupas uma a uma no chão, tentando encontrar algo que tivesse pelo menos um pouquinho a ver comigo. Senti de novo aquela estranha sensação de estar mexendo nas coisas de outra pessoa quando, na verdade, o quarto e o armário eram mesmo meus. Acabei escolhendo um vestido azul frente única. Parecia pequeno demais pendurado no cabide, mas quando vesti serviu direitinho. Olhei no espelho e até me surpreendi. O modelo caiu perfeitamente bem no meu "novo" corpo.

Não queria parecer tão produzida. Então, apenas dei uns tapinhas na minha bochecha para ficar mais corada e passei duas camadas de rímel.

Meus planos eram ir até o Henrique e falar com ele, não para me declarar ou dizer um monte de verdades, mas, juro, queria apenas pedir desculpas. Eu precisava reconquistar a confiança do meu melhor amigo.

As chaves da porta estavam na fechadura. Coloquei meu celular na bolsa, que também não parecia tão minha assim, e saí decidida a não brigar.

Peguei o metrô e desci na estação mais próxima do apartamento da Bianca. Cada passo que eu dava fazia meu coração bater mais rápido.

Carregar um amor não correspondido no peito é uma droga. Você meio que se transforma na peça repetida de um quebra-cabeça que alguém já montou. Era exatamente assim que eu me sentia naquele momento.

O prédio estava lá, exatamente como da última vez em que estive naquela rua. Uma senhora tinha acabado de entrar pelo portão quando cheguei. Disse o meu nome para o porteiro e falei que queria ir ao apartamento de Bianca, o 61, e ele me pediu para aguardar. Depois, pediu para repetir. Disse meu nome de novo e esperei. E então, depois de mais ou menos dois minutos, ele negou minha entrada, justificando que a moradora não estava esperando nenhuma Anita.

Pedi para que ligasse de novo e dissesse que era a Anita, amiga do Henrique. Ou que dissesse para o próprio Henrique descer, pois eu precisava muito conversar com ele. Mais uma vez, depois de desligar o interfone, o porteiro fez cara de reprovação. Completou dizendo que a moradora não conhecia nenhum Henrique.

Ouvir aquilo foi muito... muito... muito... assustador. Essa era a palavra. Nem conseguiria definir se era bom ou ruim. Talvez um pouco de cada.

Poderia ser bom pois aquilo talvez significasse que eles não estavam juntos e apaixonados. Ou talvez nem tivessem se conhecido. Afinal de contas, eles acabaram trocando mensagens porque ele comentou em um artigo dela sobre seu amor platônico. Seguindo a lógica de que ele talvez não tivesse passado por isso, o comentário poderia nunca ter sido feito.

E poderia ser ruim porque talvez aquilo fosse a prova definitiva da não existência da coisa mais importante e sincera que já tive na vida: minha amizade com o Henrique.

Decidi que não sairia dali enquanto não conversasse com Bianca.

Tive a ideia de mudar meu discurso. Pensei em dizer que precisava entregar para ela uma encomenda e que tinha de ser em mãos. Apontei para minha bolsa para mostrar que ela estava ali dentro.

Deu certo. Minutos depois, Bianca desceu, abriu a porta de vidro do saguão do prédio e atravessou o pequeno jardim da frente do condomínio. Ela estava usando uma calça jeans e uma blusa tomara que caia.

– Pois não? – ela disse, analisando cada partezinha do meu corpo – Nós já nos conhecemos?

– Bom, sim – respondi, me aproximando do portão ainda fechado. – Talvez você apenas não se lembre.

O sol estava a pino sobre nossas cabeças. Era por volta do meio-dia, fazia muito calor, e eu conseguia sentir gotículas de suor se formando em minha testa. Bianca, por sua vez, estava linda como da última vez em que a vi. Mesmo não estando com nem um pingo de maquiagem no rosto e apenas com um coque bagunçado prendendo parte do cabelo.

(Acho que só existe um jeito de saber se uma mulher é bonita de verdade: faça um coque nela. Se ela continuar linda, ok, ela é realmente linda.)

Era óbvio que eu nunca usava cabelo preso porque achava minhas orelhas grandes demais.

– Não entendi. Você também é jornalista? – ela perguntou, colocando a mão no queixo e fazendo cara de pensativa, como se estivesse tentando se lembrar de alguém do trabalho.

– Não. – Naquele momento, me dei conta de que eu não havia ido ao trabalho, e provavelmente mais de uma vez, então comecei a gaguejar: – Eu sou amiga do Henrique, um cara que adora seu trabalho. Ele já deixou alguns comentários nos seus textos.

– Henrique? Eu não consigo me lembrar de alguém com esse nome que tenha deixado comentários nos meus artigos, pelo menos não frequentemente. Será que você está falando com a Bianca certa?

Óbvio que sim. Eu jamais me esqueceria desse seu rostinho, querida.

– Errrr, talvez eu tenha me enganado. Desculpe pelo incômodo, viu? – falei, já que não havia mais o que fazer.

Virei de costas e sai andando sem saber exatamente o que fazer ou aonde ir. Todas as pessoas que poderiam me apoiar e ficar ao meu lado naquele momento nem sabiam mais da minha existência.

Virei a esquina, entrei na estação e comprei um bilhete do metrô. Quando me dei conta, já estava descendo a escada rolante. Fiquei alguns minutos olhando para o mapa na parede, porque eu sempre me perdia nos sentidos pelas linhas da cidade. Fiz baldeação na linha verde e fui até a estação Alto do Ipiranga. Saí e fui caminhando. Acabei chegando ao Museu do Ipiranga, no Parque da Independência. Aquele era um dos meus lugares favoritos da cidade de São Paulo.

Eu tinha um forte motivo para isso. É que, como eu nasci no interior, em uma cidade realmente pequena, meu sonho era me mudar para a capital e poder passar o maior tempo possível dentro de shoppings. Há tantas pessoas diferentes e descoladas que eu nunca havia visto na vida, tantas lojas incríveis que eu só via nos seriados! Isso era fantástico. Só que, depois de um tempo, ficou mais ou menos. Porque aquelas pessoas geralmente não davam a mínima para mim, e, como eu não tinha muita grana, os produtos das lojas incríveis continuavam existindo só nos seriados, não eram para mim. E não era só isso. Passar anos vivendo nesse ambiente, quando não se foi criado nele, acabou se tornando algo extremamente cansativo.

Por isso, o lugar que mais me fazia bem acabou sendo um que me fazia justamente me lembrar do ambiente em que eu cresci. Para mim, aquele museu rodeado de árvores, pássaros e um lindo arco-íris formado pelo encontro da luz do sol com as águas do chafariz era simbólico. O Museu do Ipiranga é um dos pontos turísticos históricos mais conhecidos da cidade, e para mim se tornou muito importante. Eu costumava passar muitas tardes ali, no meio daquelas árvores, sentada em algum banco, olhando a cidade de longe, no intervalo de algum capítulo do livro que eu estava lendo, ouvindo música com meu fone de ouvido, óbvio.

O céu estava limpo naquele dia. Eu mal conseguia olhar para o alto, pois o sol ainda estava muito forte. Desci as escadas principais do jardim que fica em frente ao museu e me sentei em um dos bancos centrais. Todos os outros estavam ocupados por crianças e adolescentes. Provavelmente, participavam de alguma excursão escolar.

Naquele momento, um vento forte lambeu meu rosto, bagunçando meu cabelo e fazendo as folhas das árvores caírem em grande quantidade. Olhei para o lado e vi um casal de amigos dividindo o mesmo sanduíche.

Aquela cena me lembrou o Henrique.

Tudo me lembrava o Henrique.

É impressionante como nossa vida se transforma em uma grande obrigação quando não temos quem a gente ama por perto, pensei.

Tudo fica ruim: o melhor emprego do mundo se torna uma droga (não que o meu fosse tão bom assim), as baladas ficam um tédio (não que eu gostasse tanto assim de balada), os filmes de romance parecem uma grande enganação sem sentido. E seu lugar preferido no mundo, que antes era só seu, fica cheio de lembranças. E o que é pior: lembranças de algo que já nem existe mais.

Eu achei que estivesse pensando mas, na verdade, meus pensamentos ganharam voz. Estava falando alto sozinha. E alguém estava escutando tudo.

– Oi, mocinha, posso me sentar ao seu lado?

Olhei para o alto, o sol estava batendo diretamente nos meus olhos, e eu não conseguia ver o rosto de quem falava. Coloquei uma das mãos acima dos olhos e consegui ver uma face cheia de rugas, marcada pelo tempo. Era um senhor de mais idade.

– Sim, claro que pode – respondi, me afastando um pouquinho para o lado. Eu estava sozinha, e todos os outros bancos estavam ocupados.

Normalmente, eu não seria tão simpática. Se há uma coisa que eu aprendi é que em São Paulo não se deve dar liberdade a estranhos. Mas o olhar daquele velhinho me parecia estranhamente familiar. Além do mais, todas as pessoas da minha lista de contatos ou meus amigos do Facebook, naquele momento, eram estranhos para mim.

O senhorzinho sentou ao meu lado e então começou a falar.

— Está passando por problemas, querida? Desculpe a indiscrição, mas eu não pude deixar de escutar o que você acabou de dizer.

Eu pensei em dizer que não era nada e em sair rápido dali, mas eu precisava tanto desabafar que as palavras foram saindo, uma depois da outra. E me senti inesperadamente à vontade e confiante para fazer aquilo com aquele senhor.

— Sim. Eu não reconheço minha própria vida. Todas as pessoas que importam para mim nem sabem mais da minha existência. — Esperava muito que ele tivesse achado que essa parte havia sido exagero meu. — E, agora, todo o resto é apenas o resto.

— Você é tão jovem! — Ele colocou a mão no queixo — Como é seu nome?

— Anita — respondi sem medo.

Então ele continuou:

— Você é tão jovem, Anita! — ele falou olhando em direção à cidade. — Tem tanto para ver e aprender! A vida nem sempre é como planejamos. Deus, as pessoas que amamos e as doenças sempre acham uma forma de interferir.

— No meu caso, a culpa foi toda minha.

— Não diga bobagens. Não podemos nos julgar tanto o tempo todo. — Ele respirou fundo. — De nada adianta colocar a culpa nas escolhas já feitas, elas nos levam a algum lugar sempre. Mas não vale a pena achar que esses lugares são certos ou errados, bons ou ruins. É a maneira como você lida com as consequências que define seu destino.

— Esse é o problema. As consequências dos meus erros estão por toda parte. E o pior é que eu não tenho mais para onde fugir.

— Você realmente acha que precisa fugir?

Naquele momento, ele se levantou, apoiando uma das mãos no banco e colocando a outra nas costas, como se aquele movimento exigisse muito de seu velho corpo.

Deu um passo à frente e olhou de novo em minha direção, balançando os dedos enrugados, se despedindo. Notei que havia um anel em sua mão esquerda. Ele então sorriu de um jeito tímido, sem mostrar os dentes, e continuou andando no sentido oposto ao que veio, com passos curtos e lentos.

Eu até poderia ter perguntando o nome dele, ou pelo menos ter me despedido como alguém normal. Mas eu só consegui acompanhá-lo com os olhos, até ele sumir de vista.

Passei mais algum tempo observando os prédios irregulares da cidade e pensando em tudo o que aquele senhor havia me dito. Sabia muito bem que ouvir os conselhos de um estranho não era algo tão sábio a se fazer, mas aquelas palavras me pareciam uma boa companhia.

A verdade é que eu estava realmente aliviada por ter conseguido dizer o que sentia para alguém. Guardar meus pensamentos só para mim por tanto tempo estava me matando. Nas últimas duas semanas, minha vida havia se transformado de um jeito assustador. Se antes eu não me sentia pronta para lidar com meus problemas, agora muito menos, já que eles estavam multiplicados por mil e fazendo uma enorme bagunça.

Não dava mais para continuar esperando uma resposta da vida. Até porque eu nem sabia direito qual era minha pergunta.

O sol já estava se pondo. A poluição de São Paulo fazia com que as nuvens ficassem meio roxas e alaranjadas nos dias claros e ensolarados como aquele. Era como olhar para cima e observar uma pintura gigante. Senti um arrepio no braço. O vento estava me avisando que era hora de sair dali.

Era estranho imaginar como seria minha vida daquele momento em diante, depois que eu me levantasse do banco. Eu só não podia fugir.

Era claro que para mim o "fugir" significava usar o blog de novo.

Não. De novo não. Não podia fazer aquilo. Naquele momento, prometi seriamente para mim mesma que não voltaria a usá-lo nunca mais. Porque desde que ele apareceu na minha vida, as coisas só tinham piorado. Dia após dia. Mudança após mudança. Consequência após consequência.

Sem contar que talvez a vida do Henrique estivesse melhor sem mim. Sem o sentimento que ele carregou no peito por tanto tempo, em segredo quase absoluto. Talvez ele até já tenha conhecido alguém legal. Não para ser consolado e amparado, como acontecia com Bianca, mas alguém que tenha enxergado tudo aquilo que eu não enxerguei. E com quem possa viver algo realmente recíproco.

Fiquei pensando sobre isso na volta até minha casa.

Passei no shopping perto do meu bairro e entrei num McDonald's. Eu nem conseguia me lembrar da última vez que havia me alimentado. Não que um hambúrguer fosse a comida mais saudável do mundo... Enquanto estava na fila, vi um pôster gigante do McLanche Feliz afixado na parede. Não resisti. Pedi dois. Em outras ocasiões, eu faria o pedido bem baixinho, por vergonha mesmo, mas, naquele momento, o que as pessoas pensavam de mim era a última coisa que me importava.

Voltei para casa um pouco menos triste. Abri o pacote e entrei no prédio mastigando uma batatinha frita. Quando cheguei diante do elevador, a porta estava já fechando.

As portas sempre fecham na minha cara, pensei.

Porém, de repente notei que alguém havia colocado o braço e segurado o elevador para mim. Eu estava tão concentrada na comida que só consegui reparar já bem perto. Achei aquilo simbólico. Talvez as portas não se fechassem tanto quanto eu pensava. Era só prestar mais atenção.

Entrei no elevador e vi que quem havia segurado a porta era aquele rapaz tatuado que vi rapidamente, também no elevador, alguns dias antes. Ele estava com um cachorro agora, um bulldog pretinho e curioso.

Ele sorriu ao me ver. Eu agradeci pela gentileza e sorri de volta.

O elevador ficou em silêncio por alguns segundos. Na verdade, quase – a respiração dos bulldogs é meio barulhenta. O cheiro do meu lanche estava por toda parte. Resolvi oferecer.

– Ei, você aceita?

Eu não costumava falar com desconhecidos no elevador, mas, como ele tinha sido muito gentil e eu já estava me sentindo um pouco exagerada por ter comprado dois lanches de uma vez, achei que deveria compartilhar. Apertei o botão do meu andar e notei, pelo outro botão aceso no painel, que ele morava logo abaixo de mim.

– Hum. Vou aceitar, hein? Estou com a maior fome – ele respondeu, soltando uma das mãos da coleira e pegando uma batata do pacote.

– Como você se chama? – perguntei, e tentando entender o desenho da tatuagem que cobria boa parte do braço esquerdo (e musculoso) dele.

– Joel, e você?

– Anita. Acho que você é o primeiro Joel que conheço na vida. – Era um comentário meio bobo, mas conversa de elevador é sempre assim mesmo. E eu tinha mania de buscar o nome das pessoas na minha memória, só para saber se eu conhecia mais pessoas legais ou chatas que tinham o mesmo nome.

– Também não conheço outra Anita. – Ele sorriu.

Eu continuei com o corpo virado para frente, mas desviei os olhos do painel do elevador por um instante para observá-lo um pouquinho.

Ele parecia músico de alguma banda de rock. Tinha uma franja jogadinha para o lado, usava calça jeans colada no corpo, a barba estava por fazer e tinha duas pulseiras, daquelas de amarrar, no braço direito. O volume no fone de ouvido estava tão alto que consegui ouvir perfeitamente a música. Era uma da banda Kings of Leon.

Eu não conseguia imaginar alguém como ele morando naquele prédio tão antigo e careta. Simplesmente não combinava com os velhinhos que frequentavam a reunião de condomínio, com o cheiro de guardado e cânfora da área comum ou com o silêncio de toda sexta-feira à noite. Algo me dizia que ele era novo na vizinhança.

Enquanto eu o analisava, de uma hora para outra o cachorro voou na minha sacola. A coleira escapuliu da outra mão do Joel e tudo pareceu acontecer em câmera lenta.

Foi uma confusão! As batatinhas caíram no chão, os brinquedos do McLanche Feliz também. Senti um pouco de vergonha, já que era um lanche para crianças, e eu já não tinha mais idade para essas coisas.

Ele pediu mil desculpas e saiu logo do elevador, provavelmente para tentar afastar e acalmar seu cachorro faminto. Fiz sinal com o polegar de que estava tudo bem. A porta do elevador se fechou, e eu respirei fundo, juntando as batatinhas do chão com as mãos mesmo.

Pelo menos eu ainda tinha os hambúrgueres, pensei.

Quando finalmente cheguei diante da porta do meu apartamento, minhas mãos estavam totalmente engorduradas e sujas, e, óbvio, as chaves tinham desaparecido dentro da bolsa, como sempre acontecia comigo. Balancei-a e ouvi o barulho delas lá dentro. Talvez minha bolsa fosse um portal dimensional alternativo, e as chaves fossem passear em Nárnia. Era a única explicação para o chaveiro sempre desaparecer daquele jeito.

Sentei no chão e derrubei tudo no corredor de entrada.

Dizem que você conhece uma mulher analisando as coisas que ela carrega dentro da bolsa. Sou totalmente contra essa teoria.

O QUE MINHA BOLSA DIRIA DE MIM?

1. Obs
2. Pacote de petiscos para gatos
3. Batom vermelho Ruby Woo
4. Cartões de crédito
5. Documentos
6. Celular
7. Remédio para dor de cabeça
8. Chiclete
9. Contas atrasadas
10. Recibos velhos e amassados de cartões de crédito e débito
11. Um relógio parado
12. Um pacote de lenços
13. KD A CHAVE?

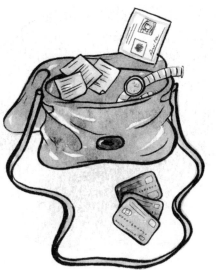

Sabe-se lá como, mas acabei descobrindo que o chaveiro estava escondido no fundo do forro rasgado da bolsa. Demorei uns dois minutos para conseguir tirá-lo lá de dentro.

Joguei tudo de volta dentro da bolsa sem muito cuidado e fechei o zíper.

Ao escutar o barulho da porta, assim que a abri, Catarina saiu de trás do sofá e veio miando e se enroscando entre minhas pernas, sem parar, enquanto eu ia andando, como se eu fosse uma daquelas pessoas que se apresenta no circo. Estabanada que sou, quase tropecei e derrubei o lanche no chão de novo. Por sorte, a cozinha ficava bem ao lado da entrada, e eu consegui colocar tudo na pia e pegá-la no colo antes de outro acidente acontecer. Fiz carinho nela, peguei o pacote que estava em cima da geladeira e enchi o potinho de ração. Catarina sossegou.

Queria que a comida fosse a solução de todos os meus problemas também.

Lavei minhas mãos, sentei no sofá e comecei a devorar um dos hambúrgueres, já meio frio.

A campainha tocou antes da última mordida. Coloquei tudo na boca de uma vez, parecendo uma adolescente faminta, e fui atender a porta. O estranho era que o porteiro não havia anunciado ninguém no interfone. Através do olho mágico, vi que era o tal vizinho. Joel.

Engoli o lanche, respirei fundo, destranquei a porta e a abri.

— Oi. Vim pedir desculpas — ele riu, meio sem graça.

— Como você descobriu meu apartamento?

— Perguntei para o porteiro. Você é a única Anita do prédio — explicou.

— Essa é a vantagem de não se chamar Maria.

— Ou Lucas — ele completou, brincando.

Demos risada. Eu ri pela primeira vez naquele dia. Estávamos os dois ainda parados na porta do apartamento. Era noite, e a luz automática do corredor apagou logo.

— Quer entrar? – perguntei. – Só não repara na bagunça, por favor, tá? – A frase clichê saiu sem querer, mas no meu caso era totalmente verdadeira.

E eu não estava sendo modesta. O apartamento realmente estava uma bagunça. Nunca fui muito organizada, mas acho que ele jamais havia ficado naquele estado antes. Alguns daqueles móveis ainda eram novos para mim, e eu me surpreendia cada vez que abria alguma gaveta. Havia roupas e objetos espalhados pela casa, uma montanha de louça suja na pia da cozinha, e a caixinha de areia da Catarina estava cheia.

Percebi que era oficial: viver uma vida inteira sem seu melhor amigo pode fazer você mudar bastante.

Era estranho ter um cara desconhecido dentro da minha casa, mas o sorriso dele era tão bonito que achei ótimo. E ele também parecia ser um cara muito legal. Considerando minha experiência com rapazes com essas características em São Paulo, já fui logo imaginando que ele fosse gay.

— Desculpe mais uma vez pelo que aconteceu, viu? Não sei o que deu no Fred – ele foi falando, já à vontade e sentando no sofá.

— Então ele se chama Fred? Bonito nome. Tenho uma gatinha que se chama Catarina. Ela geralmente gosta mais de homens que de mulheres desconhecidas. Logo deve aparecer para brincar com você.

— Eu tinha certeza de que você tinha um gato. Reconheço donas de gato a distância – falou misterioso, já me analisando.

— Ah, é? Como? – perguntei, enquanto me sentava no sofá ao lado dele.

— Primeira característica: pelos nas roupas. – Ele apontou para o meu vestido.

Olhei para baixo e reparei que havia mesmo alguns pelos pretos na minha roupa azul. Tudo bem. Mas eram muitos pelos! O esconderijo predileto de Catarina era o meu guarda-roupa. Era óbvio que minhas roupas não escapariam.

— Tá bom, essa foi fácil. Mais uma – desafiei.
— Segunda característica: arranhões nos braços.
Olhei para os meus pulsos e, realmente, havia algumas marcas. Catarina era uma gata muito dócil, mas odiava tomar banho. Era só ouvir o barulho do chuveiro que sumia no meio da mobília. Quando eu finalmente conseguia encontrá-la, era guerra na certa.
Fiquei me perguntando como ele havia percebido aquilo em tão pouco tempo.
— Nossa, você é bom nisso! Mais alguma característica, senhor detetive?
— Você parece ser uma moça independente e megaocupada. Pessoas independentes, com a rotina de trabalho de São Paulo, preferem gatos.
Nesse instante, Catarina surgiu do quarto e deu um pulo no encosto do sofá. Foi se aproximando "do estranho" bem devagarzinho. Passou por mim balançando o rabo, mas nem deu muita bola. Queria mesmo era saber quem era o dono daquela voz tão agradável. Gatos são animais extremante curiosos mesmo.
— Pronto! Eu avisei que ela viria.
— Vai sentir o cheiro do Fred, não sei se isso é bom.
— Até onde eu sei, isso não é um problema para os gatos.
Catarina era minha companheira desde que me mudei para São Paulo. Logo no primeiro mês, com a solidão da cidade grande, decidi que precisava de um animal de estimação. Eu queria um cachorro. Na verdade, sempre quis, desde pequena. O problema era que minha mãe nunca gostou muito da ideia. Dizia que eu não tinha cuidado nem com as minhas próprias coisas e que arrumar um bichinho seria responsabilidade demais. Passei boa parte da minha infância e da minha adolescência odiando minha mãe por isso. Eu era apaixonada por animais, de todos os tipos, mas não fazia ideia de como era conviver com um dentro de casa. Escolher um nome bonitinho, chamá-lo de melhor amigo, cuidar, levar ao veterinário, passear e todas as outras coisas.

Pesquisei na internet e descobri que havia um espaço na Cobasi, uma grande rede de lojas especializadas em produtos para animais de estimação, só para adoção. Eu jamais pagaria por um animal com tantos outros por aí precisando de um lar. Acho que se todo mundo pensasse assim, as lojas, as pet shops, mais cedo ou mais tarde, parariam de tentar comercializar e maltratar tanto assim os bichinhos.

Peguei um táxi e fui até lá, sem precisar consultar minha mãe. Essa era a melhor parte de pagar sozinha as próprias contas. Lembro-me de que havia vários animais no fundo da loja. Meu coração ficou apertado ao ver tantos gatinhos e cachorros em gaiolas tão pequenas. Alguns estavam dormindo como anjos, outros choravam e olhavam para as pessoas com carinha de "Ei, me deixa ser seu melhor amigo? Por favor?". Queria ser muito rica para conseguir adotar todos de uma vez só. Mas meu salário e meu espaço só me permitiam levar um daqueles bebês.

Escolhi Catarina porque ela estava dormindo dentro do pote de ração. Os outros gatinhos, provavelmente famintos, não paravam de miar em volta. Aproveitei que estava na loja e comprei ração, a caixa de areia, uma caixa para transporte e um brinquedo muito engraçado, com uma corda amarrada. Não fazia ideia de como aquilo funcionava, mas vi tanta gente com um parecido no carrinho que acabei pegando também.

Me lembrei de tudo isso, mas me lembrei também das minhas "pequenas interferências" nos acontecimentos. Talvez as coisas nem tivessem acontecido exatamente daquela maneira. Eu poderia nem conhecer mais minha própria gatinha. Que horrível!

— Acho que ela gostou de mim, viu? — ele disse, já com Catarina no colo. — Ela é muito simpática. Normalmente os gatos não me tratam assim.

Era mesmo. Antes dela, confesso, eu tinha certo medo de gatos. Durante a infância, principalmente. Os felinos do vizinho sempre entravam escondidos lá em casa para tentar devorar os passarinhos que meu pai criava. No interior, eles normalmente ficam soltos pela rua e são mais ariscos.

– Eu a eduquei direitinho. – Coloquei a mão nela bem devagar e fiz carinho. Notei que ela já estava ronronando para ele. – Acho que ela gostou mesmo de você.

Ficamos em silêncio por um tempo. Eu não sabia lidar com visitas, principalmente quando era um vizinho bonito e simpático assim. Não que isso acontecesse com muita frequência... Era sério, eu não fazia ideia do que dizer para ele. Nos filmes e séries parecia tão mais simples...

– De que tipo de música você gosta? – ele disse, olhando os DVDs e CDs na estante.

Respondi que era bastante eclética, que conhecia quase todas as bandas que estavam tocando na rádio, mas para ouvir no celular gostava mesmo era de rock internacional, tipo Foo Fighters, Muse, John Mayer e Kings of Leon.

– Não sei não, mas sua estante me diz que você curte mesmo é MPB – ele disse, observando a coleção na prateleira.

Quase engasguei quando olhei para a frente e vi um monte de bandas que eu nem conhecia direito. Eram bandas nacionais e cantores que minha irmã ouvia e amava, e não eu.

Fiquei pensando: *Quando é que meu gosto musical havia mudado tanto assim? Ah, sim... Foi quando eu resolvi mudar o meu passado e deletar meu melhor amigo da minha vida.*

Droga!

Henrique é que havia mesmo me apresentado todas as minhas bandas prediletas. Sem ele, aparentemente toda a minha influência musical ficou por conta da minha irmã.

Elis Regina? Eca!

Eu ainda estava pensando em que desculpa dar, mas, quando abri a boca para dizer a primeira palavra, o telefone tocou.

Salva pelo gongo!

Pedi licença para atender e peguei o celular.

– Por favor, a Anita.

– Sim, sou eu – disse, apressada.

– Olá, é a Cecília, do Departamento Pessoal do seu trabalho. Hoje é o terceiro dia que você não aparece no escritório. Estou ligando para avisar que você foi dispensada das suas funções por causa das suas ausências.

– Calma! Eu posso explicar... Err... – eu não sabia o que falar.

Pensei em dizer que estava doente, mas mentir daquele jeito na frente do Joel não me pareceu uma boa ideia. Ele ainda era um desconhecido, mas meu orgulho falou mais alto. Apenas concordei com a voz no telefone e disse que passaria lá em breve para resolver toda a questão burocrática.

Então, além de um novo lugar para morar, eu também teria de procurar um novo emprego. Que ótimo.

Desliguei com uma expressão provavelmente péssima.

– Más notícias? – Joel perguntou, vendo meu desânimo.

– É. Mais ou menos. – Suspirei tentando aliviar os fatos.

Eu nunca gostei mesmo de trabalhar naquela empresa. Não me sentia nem um pouco realizada profissionalmente, pois era como se meu trabalho não fizesse nenhuma diferença na vida das pessoas. Eu apenas cumpria ordens e colocava mais dinheiro na conta do meu chefe. Aquilo definitivamente não era nem um pouco empolgante ou o que eu havia planejado para minha vida.

Lembrei-me do que a Carol disse, semanas atrás, no dia do casamento da minha irmã, sobre tentar carreira de fotógrafa. Aquilo era um sonho para mim. Meu fascínio pela arte de capturar momentos não havia diminuído nem um pouquinho desde minha adolescência, quando tirei as primeiras fotos, e as fotografias e os quadros nas paredes do meu apartamento mostravam isso. Bem, nenhuma surpresa, pois eu já me interessava por tudo aquilo antes de conhecer o Henrique. Acho que, para falar a verdade, essa paixão tinha nascido comigo.

Fiquei com aquilo na cabeça.

Eu e o Joel ficamos até tarde da noite conversando sobre profissões, música e a vida em São Paulo. Ele, ao contrário do que imaginei, não era integrante de uma banda de rock, e sim redator em uma agência de publicidade. Era formado em Rádio e TV e cuidava da conta de uma agência de viagens muito conhecida. Por isso sabia tanto quanto um professor de geografia sobre os mais diversos lugares. Tinha histórias (muito engraçadas) para contar sobre vários países. E ele era uma daquelas pessoas que tentam fazer a gente rir o tempo todo.

Fiz pipoca, e ele trouxe DVDs de algumas séries antigas que ele curtia. Eu não conhecia nenhuma. Acabamos assistindo a alguns episódios de *Doctor Who*. Joel me achou parecida com a atriz Karen Gillan, que interpretava a Amelia Pond na série. Mas claro que não tinha nada a ver. No máximo a cor do cabelo e as sardas.

Quando o Joel se despediu, já era quase uma hora da manhã, e tive que aceitar a solidão mais uma vez. Sem sono e sem nada para fazer, me peguei encarando meu reflexo pálido no espelho. Fui obrigada a admitir que gostava mais daquela versão de mim mesma. Pelo menos fisicamente. Meus braços eram mais finos e firmes, eu não tinha o quadril tão largo, e os meus fios de cabelo eram mais acobreados. Talvez eu passasse um pouco de tonalizante de vez em quando... E eu gostava daquela franja também.

Não consegui dormir aquela noite. Fechava os olhos, tentava encontrar uma posição confortável na cama e até cheguei a usar a técnica de contar carneirinhos. Mas acabei substituindo-os por problemas. Minha lista não parava de crescer.

Para achar uma nova casa para morar e conseguir pagar o aluguel, eu teria de arrumar outro emprego o quanto antes. Eu também precisava dar um jeito de me desculpar com a Carol. Não queria que minha prima ficasse pensando aquelas coisas de mim.

Naquela hora me dei conta de que talvez o episódio do casamento nem tivesse chegado a acontecer. Henrique estava lá antes, mas agora não tê-lo por perto poderia ter alterado o desfecho das coisas.

O melhor e talvez o único jeito de ter certeza disso seria acessando o Facebook. Atualizações diárias com informações da vida alheia, e pura ostentação às vezes – mas lá havia informações que poderiam ser preciosas para mim naquele instante.

O navegador estava aberto na rede social, e o meu perfil ainda estava logado. Notei que havia uma notificação, uma nova solicitação de amizade. Era do Joel. Aceitei com um clique e fui logo bisbilhotar seu perfil, para saber um pouco mais sobre ele.

Ele não era um daqueles usuários assíduos. Sua última publicação era de dias atrás. Rolei a página mais um pouco e descobri que ele se interessava por política, animais e, como havia me dito, viagens e turismo. Seu álbum era dividido por continentes. Passei alguns minutos olhando as fotos e imaginando como deveria ser incrível fazer aquilo como ele. Ou *com* ele.

Voltei ao meu perfil. Olhando para a caixa do chat à direita na tela, não consegui reconhecer nenhuma das pessoas que estavam online. Supostamente meus amigos...

No campo de busca, digitei o nome e o sobrenome da Carol. Logo entrei em seu perfil. A imagem de capa me deixou nostálgica e ainda mais chateada. Mas também um pouco menos culpada. Era uma foto dela com suas duas filhas no colo, ainda bebês. Por mais que as coisas não tivessem saído como eu esperava, ela continuava casada com o Eduardo. Era bom saber que as duas ainda existiam e que a Carol as tinha por perto.

Minutos depois, voltei mais uma vez para minha página inicial. Era bem tarde, de madrugada, o que significava que em Paris, pelo fuso horário, já era manhã. Fiquei imaginando o que o Henrique estaria fazendo àquela hora. Não resisti e digitei mais uma vez o nome dele no campo de busca.

Eu havia prometido que não tentaria voltar no tempo para procurar mudar as coisas de novo. Tinha até colocado o blog naquela lista de sites bloqueados pelo antivírus. Mas não saber absolutamente nada sobre a vida do meu melhor amigo era ainda pior que não tê-lo por perto. Com a distância eu já tinha aprendido a lidar. Mas com a ausência acho que não conseguiria me acostumar nunca.

Quando vi a foto de perfil do Henrique, senti uma coisa estranha no estômago e meus dedos começaram a tremer em cima do teclado. Não era mais a mesma de horas antes. Ele estava ainda mais bonito naquela outra foto. Cliquei para vê-la maior e melhor, e fiquei reparando em cada centímetro do seu rosto. Henrique estava sorrindo e olhava na direção da câmera. Talvez estivesse apaixonado pela pessoa que tirou a foto.

Fiquei analisando mais uma vez as informações que apareciam no perfil. Não era muita coisa já que ele havia bloqueado essa opção para quem não era amigo dele na rede social. Então, a curiosidade falou mais alto e enviei uma solicitação de amizade.

Eu não precisava me aproximar dele como antes, nem ser sua melhor amiga ou coisa do tipo. *Eu só queria saber um pouco mais sobre a vida dele*, menti muito mal para mim mesma. Acompanhar sua rotina de longe já seria o suficiente. Esse era o mínimo de distância que eu conseguiria suportar.

Voltei para meu perfil e fiquei olhando as publicações mais antigas da minha linha do tempo. Não conhecia praticamente ninguém ali, mas me distraí com as fotos. Decidi olhar meu próprio álbum. Essa era a coisa de que eu mais gostava na fotografia: poder lembrar (ou, no meu caso, descobrir) momentos importantes da vida e observar detalhes que passaram despercebidos na hora em que as fotos foram feitas.

Meus álbuns eram quatro: Amigos, Mundo, Catarina e *Ego shots*. Aparentemente, aquela nova versão minha era um tanto narcisista. Primeiro naveguei pelas fotos com amigos. Para ser sincera, não reconheci quase nenhum deles. Um ou dois eu talvez tivesse visto no corredor da faculdade. Nas fotos, eles pareciam muito íntimos. Era estranho. Era como se aquela garota da foto nem fosse eu.

Recebi uma nova notificação. Henrique havia me aceitado!

Meu coração quase saiu pela boca quando li o nome dele na tela. De uma hora para outra meus outros problemas deixaram de ser tão importantes. Ter me aceitado era sinal de que pelo menos ele tinha tomado conhecimento da minha existência no planeta Terra.

Cliquei no mesmo instante no aviso e fui olhar seu perfil novamente, agora todo aberto para mim. Estar na sua lista de amigos me dava acesso total às suas informações. Fui descendo nas postagens da sua página e acompanhando avidamente cada pixel, sem nem conseguir piscar.

Era como se eu o estivesse conhecendo de novo. Esse já era um primeiro passo, mas era difícil demais ficar ali só observando. Eu sentia vontade de comentar em cada foto. De dizer que ele tinha ficado lindo usando aquela blusa xadrez. De compartilhar a música que ele postou e dizer que ela era minha preferida também. De estar presente em todos aqueles momentos ou, pelo menos, de ser a primeira pessoa para quem ele gostaria de contar as coisas. Como antes.

Senti ciúmes quando me dei conta de que uma garota havia curtido todas as fotos e publicações dele. Fiquei me convencendo de que ela deveria ser uma colega de trabalho, mas minha teoria não fazia o menor sentido, porque ele curtia de volta e respondia de um jeito bastante carinhoso, como se ele se importasse e quisesse informá-la disso.

Respirei fundo e senti uma ponta de angústia no peito, que só fez aumentar quando vi uma foto dos dois juntinhos. Não estavam se beijando nem fazendo algo comprometedor. Eles estavam apenas sorrindo, um do lado do outro, em um jardim muito bonito e cheio de flores coloridas. Parecia cenário de filme.

Para mim, de terror.

Ela tinha a pele bem morena, mas seus cabelos eram loiros, longos, lisos. Provavelmente eram pintados. E havia peitos. Eu não consegui reparar em outra coisa na foto. Eles eram enormes! Tenho certeza de que o Henrique e todas as outras pessoas que curtiram aquela foto também não conseguiam tirar os olhos daquilo. Tá, eu estava exagerando um pouco. Aquele não era bem o tipo de garota por quem o Henrique costumava se interessar. Ele nunca curtiu muito as gostosonas e populares, nem quando elas demonstravam interesse só para conseguir cola durante as provas. Mas essas eram características do antigo Henrique, aquele que passou a vida apaixonado por mim. Agora, eu já não sabia mais.

Uma janelinha subiu no canto inferior da página. Nem acreditei quando vi que era ele puxando assunto. Tudo bem, ele não estava puxando assunto. Ele só queria saber quem era aquela louca que o adicionou tão cedo pela manhã.

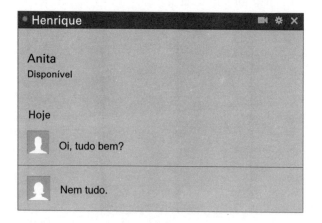

Acho que as pessoas sempre esperam que você responda que sim. Mas eu não queria mentir de novo para o Henrique. Nem um pouquinho.

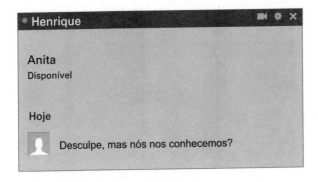

De novo aquela pergunta.

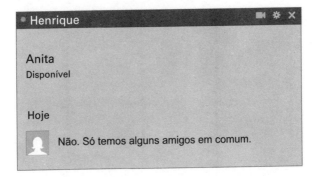

Era um total de 18 pessoas, algumas da faculdade, outras de Cataguases.

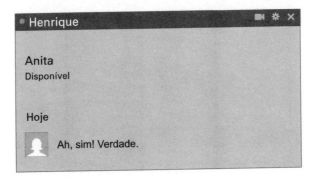

Vi que ele digitou e apagou umas três vezes.

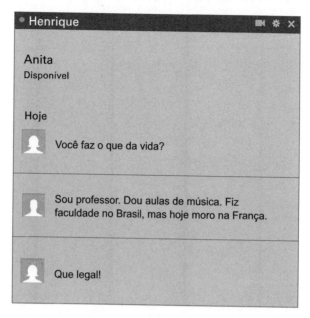

Era bom perceber que as coisas não tinham mudado tanto assim na vida dele.

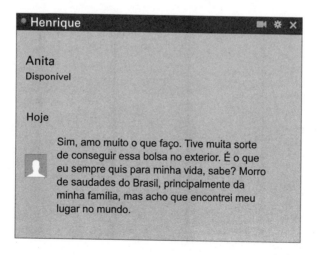

Fiquei entusiasmada por ele ter contado bastante sobre ele, mas aquilo me deixou um pouquinho triste. Não que eu tivesse esperanças de tê-lo por perto de novo, mas é que ele nunca havia me dito algo assim. No fundo, quando ainda éramos apenas amigos, antes de as coisas mudarem completamente, eu achava que essa coisa de morar fora era uma fase. E ele não tinha mais motivos mesmo, se é que você me entende, para voltar. Eu nem estava perto de ser 1% disso.

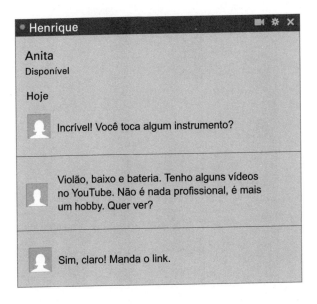

Ele me enviou o link de um canal no YouTube. Toda minha empolgação se transformou em raiva quando vi que ele não estava sozinho nas imagens. Aquela loira estava ao lado dele. Pensei duas vezes antes de clicar no play, mas é lógico que fiz isso. Era um cover da música "With Or Without You", do U2.

Ele tocava maravilhosamente bem, exatamente como eu me lembrava. A garota, que segundo a descrição do vídeo se chamava Kate Adams, o acompanhava no vocal. Ela era simplesmente incrível. Tinha uma voz rouca muito afinada. Combinou perfeitamente com a canção.

Quase caí para trás quando vi o número de visualizações no canto do player: mais de um milhão de pessoas também haviam assistido e, pelos comentários, amado aquele cover! Então o Henrique tinha se transformado em um cara famoso? Por essa eu não esperava. A vida dele sem mim era realmente fantástica.

Nem precisei assistir até o final para voltar para o Facebook e parabenizá-lo pelo trabalho. Henrique tinha o dom, sempre soube disso.

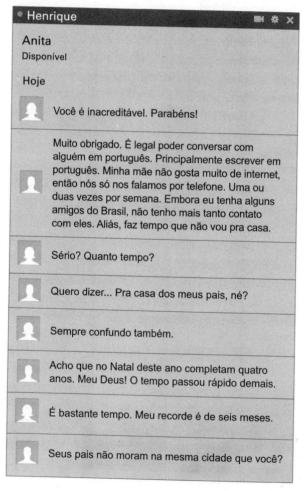

Eu me senti um pouco triste. Se ele tivesse olhado meu perfil, veria que sou do interior de Minas, assim como ele. Talvez nem tenha se dado o trabalho, afinal de contas, todos os dias dezenas de fãs deveriam adicioná-lo para puxar papo.

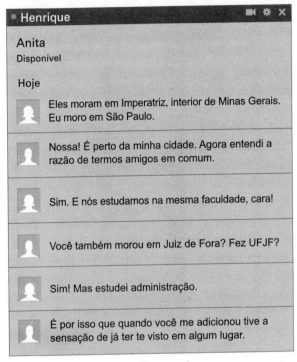

Fiquei feliz em saber que ele se lembrava de mim. Mesmo que vagamente.

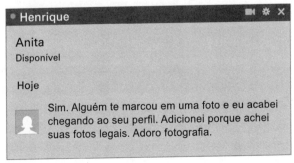

O que havia acontecido com o *sem-mentiras-Anita*?

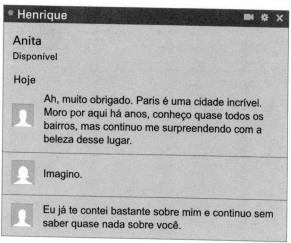

Parei para pensar de novo em como era estranho ler aquilo em uma conversa com o Henrique. Até outro dia, ele era a pessoa que mais me conhecia e entendia no mundo. Naquele momento ele só sabia meu nome e meu sobrenome. Pelo menos ele estava interessado em saber mais de mim.

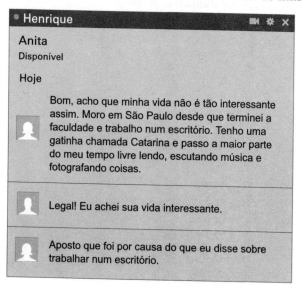

> Eu tô falando sério, viu? Morar sozinha em uma cidade como São Paulo não é para qualquer pessoa. Tive alguns amigos que também se mudaram praí depois da faculdade e acabaram voltando meses depois.

> É... Esta cidade não é para todo mundo.

Preferi não contar da minha demissão logo de cara. E fiquei me lembrando dos momentos difíceis que passei na fase de adaptação em São Paulo. Henrique não fazia ideia agora, mas foi ele próprio quem me ajudou a superar cada um deles. Nunca passei por necessidades, mas a grana no começo era ainda mais curta e eu tinha de me virar para pagar todas as contas.

Passei o restante da madrugada conversando com ele. Falamos de muitas coisas sobre as quais já havíamos conversado milhares de vezes, mas só eu sabia disso. Ele não conhecia praticamente nada sobre mim, ia perguntando e descobrindo. Ao ler as mensagens, fui percebendo que eu também já não o conhecia tanto quanto imaginava.

Acho que quando duas pessoas se relacionam por tanto tempo, uma acaba deixando muito de si na outra, principalmente quando elas estão apaixonadas. O amor é a única coisa que consegue atingir nossa alma plenamente. Ele nos faz querer mudar o tempo todo pelo outro.

Henrique não tinha as mesmas lembranças que eu, mas nossa afinidade continuava exatamente a mesma. Os assuntos simplesmente não acabavam. No meio da conversa, fiz uma proposta. Ele teria de me contar cinco coisas que ninguém mais sabia sobre ele. Cinco segredos. Cinco fatos. Depois, eu contaria cinco coisas sobre mim. Eu já havia contado muito mais que isso para o Henrique, mas esse passado não existia mais para ele.

Se uma amizade é construída com base na confiança, saber coisas um do outro com exclusividade certamente nos faria mais próximos.

5 FATOS SOBRE HENRIQUE

 # 1. Eu tenho um travesseiro de estimação. É meu desde que eu tinha uns seis anos de idade. É especial para mim. Trouxe dentro da mala quando me mudei para Paris, e ele fica na minha cama até hoje. Não o uso mais como travesseiro porque ele é muito pequeno e fino, mas ele fica do meu lado quando durmo. Acho que é uma espécie de amuleto.

 # 2. Eu sou muito tímido. Embora dentro de casa ou nos palcos as pessoas não consigam perceber. Muita gente confunde, dizendo que a fama subiu à minha cabeça e que me tornei um cara metido. Mas é exatamente o contrário. Sinto vontade de me enfiar num buraco quando um grupo começa a cochichar e apontar para mim. Não que eu me sinta superior, sabe? Eu só não sei o que dizer ou fazer. Queria poder usar uma camiseta escrita assim: *Eu sou o cara que toca o violão. Só isso.*

 # 3. Eu nunca encontrei uma mulher que me fizesse querer passar a vida inteira ao lado dela. Ninguém ainda me fez pensar em casar e tomar aquelas decisões que tornam tudo realmente sério. Tive namoradas incríveis, duas, para ser exato, mas nenhuma delas me fez sentir o que eu acredito que seja o amor.

 # 4. Eu gosto muito de escrever à mão. Quando tenho algum problema, escrevo tudo o que estou pensando ou sentindo, e isso ajuda a clarear meu raciocínio e a achar soluções. E prefiro escrever com lápis que com caneta. Quando a gente digita em um computador, sai fácil e rápido, e às vezes sem pensar também. Mas quando a gente escreve à mão dá tempo de analisar e se entender melhor.

 # 5. Eu adoro morar em Paris, estar na Europa e poder aproveitar tudo o que há aqui. Tem muitas vantagens com relação ao Brasil, claro. Mas sempre pensei que quando eu for ter minha família, quer dizer, quando achar a pessoa certa para casar e ter filhos, quero voltar para o meu país, quero que eles estejam perto de minhas raízes.

5 FATOS SOBRE ANITA

 # 1. Eu uso lente de contato, mas até os meus 15 anos usei óculos de grau e tinha o maior complexo por causa disso. Odiava me sentir diferente de todas as outras garotas, sabe? Também não curtia os apelidos que os garotos me davam. Era como se eu nunca fosse boa o suficiente para eles. Havia sempre uns óculos fundo de garrafa entre a gente. Snif.

 # 2. Prefiro dias com sol a dias com chuva. O sol me deixa bem-disposta, feliz, com vontade de realizar coisas e vestir roupas coloridas. Durmo sempre com a janela do quarto aberta, para ser acordada pela luz do sol.

 # 3. Adoro música! Meu dia tem sempre uma trilha sonora. Para mim, não existe hora perfeita pra colocar o fone de ouvido, sabe? Li em algum lugar certa vez e concordo plenamente: quando estamos felizes, aproveitamos a melodia; quando estamos tristes, entendemos a letra.

 # 4. Amo fotografia, e um dos meus maiores arrependimentos é não ter feito na faculdade um curso relacionado a essa área. Queria tanto agradar minha família que acabei me esquecendo de uma coisinha: quem vive minha vida, no final das contas, sou eu.

 # 5. Meu filme preferido é *O fabuloso destino de Amélie Poulain*, e eu tenho muita vontade de conhecer todos os lugares de Paris que aparecem no filme. Às vezes acho que vivo num universo paralelo, como a Amélie. E eu também adoro morangos.

Olhei através da janela, e o sol já estava nascendo mais uma vez. Minutos antes, o Henrique disse que precisava sair, porque tinha uma aula para dar. Eu me despedi e desliguei o notebook logo em seguida. Depois de falar com o Henrique, nada mais na internet teria graça.

Deitei-me na cama, fechei os olhos e fiquei pensando no que havia acabado de acontecer. Ok. Aquilo não significava nada ainda, mas mesmo assim eu não conseguia simplesmente dormir. Imaginá-lo digitando cada uma daquelas letrinhas era o suficiente para mim, e eu fiquei relembrando cada palavra que ia vendo surgir na tela, tentando adivinhar o que ele estava pensando e sentindo ao escrever aquilo. Eu estava amando pensar nas coisas que ele me dizia. Enxergava algo mais em cada vírgula. Houve momentos em que eu até consegui adivinhar o que ele iria responder.

Adormeci sem perceber.

8

O sol sempre nasce para mostrar que nenhum problema é grande o suficiente para parar o tempo.

Dormi tão bem que acordei só no meio da tarde, com a luz do sol batendo bem na minha cama. Eu estava transpirando. Listei mentalmente tudo o que precisava resolver antes do fim do dia e entrei no banho. Olhei para o reflexo do espelho acima da pia e fiquei encarando minha tatuagem mais uma vez. Ela já não me causava tanto desconforto. Para dizer a verdade, eu já até gostava bastante dela.

Deixei a água gelada molhar meu cabelo. Eu adorava o cheiro doce daquele sabonete. Não me lembro de tê-lo comprado, mas certamente ele estaria na minha próxima lista do supermercado. Algumas mudanças nos surpreendem de um jeito bom.

Vesti qualquer coisa, bebi um copo de leite e saí de casa mais ou menos meia hora depois, em direção ao meu escritório. Ou ex-escritório. Chegando lá, tentei não ser reconhecida por ninguém na recepção. No elevador, um rapaz me olhou fixamente. Fiquei um pouco constrangida, porque o espaço era pequeno e havia outras pessoas lá, mas mantive o olhar reto e fingi nem ter notado.

Assinei meia dúzia de documentos e juntei minhas coisas. Com uma caixa de papelão nas mãos, fui me despedindo de cada partezinha daquele lugar. Eu não tinha tanta coisa boa do que sentir falta, mas era estranho imaginar que aquela seria minha última vez ali. Meu chefe estava em uma viagem na Alemanha, então não fui obrigada a passar por aquela situação constrangedora em que alguém explica por que você não é boa o suficiente para o cargo. Não que isso fosse um grande segredo...

Respirei fundo e, para não arriscar encontrar aquele cara estranho novamente no elevador, optei pelas escadas. O escritório ficava no quinto andar, e a caixa estava relativamente leve. Fugir das pessoas não era algo novo ou difícil para mim. Era simplesmente a minha primeira opção.

Passei também no banco e peguei o extrato da minha conta. Eu tinha achado o cara no elevador assustador? O extrato da minha conta era *muito* mais! Era mais ou menos como receber o boletim bimestral no colégio. Tudo vermelho.

O pior é que, quando eu pensava em arrumar um novo emprego, minha última vontade era achar algo na área em que eu tinha certa experiência. Eu até poderia distribuir meu currículo, dar uns telefonemas ou postar no meu mural do Facebook que eu estava "disponível para contratações". Tenho certeza de que alguém teria uma indicação, pelo menos mediana. O problema é que nada daquilo me deixaria empolgada. Nem mesmo um salário melhor.

Eu ainda estava sentada no metrô, voltando para o meu apartamento, quando comecei a pensar no fuso horário. Pelos meus cálculos, se agora eram 18 horas em São Paulo, em Paris seriam 22 horas, já que com o nosso horário de verão a diferença era de quatro horas. Fiquei torcendo para o Henrique estar em casa quando eu chegasse – e online no Facebook.

Dei um suspiro profundo e comecei a me sentir ansiosa.

Quando subi a escada rolante da estação, em direção à rua, notei que o tempo havia fechado. O céu estava cinza e opaco. Haveria chuva certa em alguns minutos. Caminhei depressa para não ter problemas com a caixa de papelão. Quando cheguei diante do meu prédio, o porteiro não estava na guarita. Toquei a campainha do portão umas cinco vezes. No intervalo entre a quarta e a quinta, a chuva começou a cair forte. Chuva de verão.

Meu cabelo ficou todo molhado instantaneamente, mas eu só conseguia imaginar minhas coisas ficando ensopadas dentro da caixa de papelão encharcada.

De repente, sem mais nem menos, parei de sentir as gotas geladas em mim. Olhei para cima e havia um guarda-chuva preto entre a minha cabeça e aquelas nuvens tão negras. Segurando-o sobre mim, estava o Joel.

Agradeci com um sorriso.

Enquanto o porteiro não aparecia, nós ficamos ali, parados como duas estátuas. A chuva fez o favor de aumentar sua intensidade, e, para não nos molharmos ainda mais e a caixa continuar inteira, o Joel se aproximou de mim. Senti sua mão tocar a minha pela primeira vez.

Nunca o havia olhado tão de perto. Ele era ainda mais bonito daquele ângulo. Eu me senti vulnerável por estar tão molhada e completamente sem maquiagem. Minha franja estava grudada na testa, e minha blusa branca mostrava bem mais do que deveria.

Não me entenda mal, não havia nenhum interesse da minha parte, eu juro. Só acho que pessoas bonitas naturalmente provocam isso na gente.

O porteiro finalmente chegou e se assustou ao nos ver ali. Devia ter ido ao banheiro. Abriu o portão, pediu mil desculpas pelo incidente e foi tentar ajudar. Nós apenas fomos andando em direção à parte coberta do prédio.

– Que tempestade! – ele disse, fechando e balançando o guarda-chuva. – Saiu mais cedo do trabalho hoje?

– É... que foi meu último dia lá. – Pelo jeito como respondi, olhando para minhas coisas na caixa, ele percebeu que não tinha sido propriamente por minha vontade.

– Poxa, sinto muito. – E então ele apertou o botão para chamar o elevador.

– Não sinta. Afinal, nem eu estou sentindo. Talvez tenha sido melhor assim, não sei... Andei pensando em fazer umas mudanças na minha carreira.

– Se é assim, nós precisamos é comemorar então! Dizem que o melhor jeito de lidar com a mudança é dando uma festa para que ela se sinta em casa.

– Quem inventou essa teoria nada a ver? – rebati.

– Um tal de Joel.

– Ah, conheço um cara com esse nome. Só um.

Nós rimos e entramos no elevador ao mesmo tempo.

Ele deu uma olhada por cima do meu ombro, e então sorriu disfarçadamente.

– O que foi? – perguntei.

– Nada. É que eu acho que você nunca mais vai querer usar branco em dias de tempestade.

Olhei para a minha blusa branca e notei que a luz intensa do elevador estava deixando a transparência ainda mais evidente. Senti minhas bochechas queimarem por ele ter percebido. Retraí meu corpo e tentei segurar a caixa um pouco acima, na região do busto. Uma péssima ideia...

Dentro da caixa havia cinco ou seis livros, uma bolsinha de lápis do Pequeno Príncipe (eu, eterna adolescente), escova de dente e creme dental, um porta-retratos, uma embalagem de Tic Tac de laranja meio vazia e pastas com documentos. A caixa estava um pouco pesada e, como a segurei em uma mesma posição por quase duas horas, meus dois braços perderam completamente a força quando tentei levantá-la. E se não fosse pelo Joel outro acidente teria acontecido no elevador, porque meus braços bambearam e eu quase deixei cair tudo no chão.

– Desculpe. Deveria ter oferecido ajuda para segurar antes.

– Imagine. Nem estava tão pesada assim... – Eu e minha mania de achar que nunca preciso de ajuda.

O elevador se abriu, e ele fez questão de me levar até a porta do apartamento.

– Obrigada. Mais uma vez.

– Por nada, que isso! Considere o favor como mais um pedido de desculpas do Fred – ele brincou.

– Tudo bem. Mande um beijinho pra ele.

– Vou levá-lo para passear assim que a chuva diminuir. Ele deve estar me esperando neste exato momento.

Catarina começou a miar logo que ouviu nossas vozes no corredor. Ficou tão empolgada que começou a arranhar a porta quando descobriu que eu estava chegando, e acompanhada.

– Acho que Catarina está com saudades de você também. Ela raramente faz isso quando eu estou chegando sozinha – disse, enquanto colocava a chave na fechadura.

– Tenho de admitir que sempre faço sucesso com as gatas. – Ele deu um daqueles sorrisos de galã. – Vamos fazer alguma coisa hoje, vai? Você vai passar o resto da noite deprimida com essa chuva pensando no que aconteceu com seu emprego.

Ele estava totalmente certo. Mesmo que eu não gostasse daquele trabalho, não era nada animador estar desempregada.

– O que você está com vontade de fazer? Bar? Cinema? Seriado na TV? Jogos de tabuleiro? – Joel queria me deixar à vontade.

– Você decide.

– Beleza. Passo aqui lá pelas oito horas, e a gente sai, ok?

– Fechado.

Entrei em casa e fui logo tirando minha roupa molhada. A água fez meu pé escorregar dentro do sapato, e eu conseguia sentir uma ferida começando a se formar em um dos meus calcanhares. Estalei os dedos do pé e deixei a caixa no chão, no canto da sala.

Catarina, curiosa como sempre, logo estava cheirando e arranhando para tentar descobrir o que era aquilo. Vi que muito em breve o papelão molhado se tornaria uma espécie de parque de diversões para ela, então tirei tudo de dentro da caixa e coloquei sobre a mesa. A capa de um dos livros me chamou a atenção.

Era do Caio Fernando Abreu. Uma coletânea de crônicas e contos. Folheei e notei que alguns trechos estavam grifados, mas um me chamou muito a atenção, como se aquilo fosse um sinal.

> *Todos os dias o ciclo se repete, às vezes com mais rapidez, outras mais lentamente. E eu me pergunto se viver não será essa espécie de ciranda de sentimentos que se sucedem e se sucedem e deixam sempre sede no fim.*

Aquelas palavras perfuraram meu coração silenciosamente. Entre tantos outros, Caio sempre foi meu escritor predileto. Minha alma gêmea sentimental, eu diria. Queria muito ter sido amiga dele para poder contar minhas histórias e saber o que ele faria, o que ele escreveria sobre aquilo. De que lado, afinal, ficaria? Se é que existe um lado quando estamos falando de pessoas e seus sentimentos e de como lidamos com eles...

Coloquei uma música e, depois de uma chuveirada quente, de estar seca de novo e praticamente pronta para sair, resolvi organizar um pouco a casa até a hora de o Joel vir me buscar. Tinha uma conta nova debaixo da porta. Era de telefone. Notei que ela não era a única pendente e juntei com as outras da gaveta, separando para poder pagar. Arrumei alguns papéis, joguei fora o que era lixo, coloquei roupas sujas no cesto e levei para a estante os livros que tinha tirado da caixa.

Abri o notebook para pagar as contas pela internet e depois resolvi dar uma olhada nas redes sociais. Não tinha como resistir, já que havia chances de o Henrique estar online. E ele estava! Fiquei disponível para ver se ele notava e me chamava.

Nada.

Troquei minha foto do perfil, compartilhei um vídeo do YouTube (uma banda francesa que ele me apresentou na noite anterior) e até fiz check-in no pub que fica na esquina da minha casa só para mostrar minha presença virtual.

Ainda nada. Nem um mísero "oi".

Ele estava online ainda, talvez ocupado com alguma coisa, provavelmente conversando com outra garota. Ou talvez trabalhando... Tentei controlar meus pensamentos, tentei parar de imaginar coisas e criar expectativas. Mas era mais forte que eu.

Eu sempre achei que isso era coisa de gente apaixonada.

...

...

...

Tá bom.

Eu admito.

Talvez eu estivesse um pouco apaixonada.

Ok. Eu com certeza estava apaixonada.

Sim. Eu já tinha me convencido: eu estava *completamente apaixonada*!

Porque eu queria o Henrique não só por amizade, companhia, atenção, carinho, afeto, cumplicidade, apoio... Eu queria amá-lo e ser amada por ele. Eu queria ser a pessoa mais importante da vida dele. Como ele era hoje para mim.

Eu tinha todos os sintomas: frio na barriga ao pensar nele e em nós quando finalmente estivéssemos juntos, coração disparado ao ver o nome dele em qualquer lugar, aquela sensação inebriante que não deixa o pensamento ir para outra coisa senão ele. Além da mania de ficar pensando sempre nas piores hipóteses. Aquilo era desgastante, mas ao mesmo tempo me alimentava. Era uma maneira de me sentir junto dele. De saber o que acontecia na vida dele. Definitivamente, é coisa de quem está vivendo uma paixão.

Tudo isso me levava a crer que amores de verdade nunca são simples. Porque quando você ama alguém, ama mesmo, com alma, corpo e aperto no coração, tudo importa. Cada detalhe faz toda a diferença. E, no meu caso, eram tantos detalhes que, às vezes, pensava que eu poderia viver apenas para lidar com aquilo e entender meus sentimentos. Quase como uma profissão, sabe?

Eu não precisava de um emprego. Eu poderia passar o resto dos meus dias acompanhando a vida do Henrique. O que eu estava dizendo? *Quanta bobagem*, pensei. Eu não posso esperar que ele se apaixone por mim de novo. Da parte dele é amizade. É amizade. É amizade. Ou nem isso, já que, na verdade, ele havia acabado de me conhecer.

A campainha me salvou dos meus próprios pensamentos. Ainda bem!

Era o Joel. E eu nem precisava olhar pelo olho mágico. O perfume dele estava tão forte que eu consegui sentir antes mesmo de chegar até a porta. E era muito bom.

Meu cabelo ainda estava úmido quando ele me abraçou. Nos cumprimentamos, mas foi estranho, porque eu fiquei na espera de um segundo beijinho. É que no sul de Minas a gente cumprimenta com dois. Primeiro um de um lado, depois do outro. Os paulistas são apressados até para isso. Só dão um beijo, e olhe lá. Eu fazia questão de manter minha tradição, mesmo que isso significasse ficar sem graça com situações como aquela, e dei o segundo beijo, meio desengonçado.

Joel foi entrando no apartamento, e Catarina se aproximou, esticando as patinhas e alongando todo o corpo, implorando, ou melhor, ordenando um carinho do visitante. Ele a tratava como um bebê, e aquilo era legal de assistir.

A chuva havia diminuído, e nós decidimos comer fora. Pedi para que ele me esperasse na sala. Eu já estava pronta, mas ainda precisava colocar ração para Catarina e trocar a água dela. Ao escutar o barulho do pacote, ela o deixou sozinho no outro cômodo e apareceu na porta da cozinha.

Lavei as mãos e notei que a gata já estava devorando a ração. Voltei para a sala e o Joel sorriu para mim como sempre.

– Vamos lá? – anunciei, pegando minha bolsa.

– Vamos, vou te levar a um bar incrível.

– Que legal! Qual é? – fiquei curiosa.

– Veloso, conhece? A coxinha de lá é sensacional. A melhor de São Paulo – ele falou, animado.

– Vocês cismaram com coxinha, né? De onde eu venho isso é salgadinho de festa de criança – brinquei.

– Sim. Nós paulistanos somos culpados pela glamorização da coxinha.

– Acho que isso é falta do que fazer – falei fazendo graça.

– Na verdade, eu tenho uma teoria diferente. Isso é fome misturada com a vontade de ver os amigos. Todos aceitam quando o rolê envolve coxinha.

– Exato. É por isso que eu estou indo hoje – revelei.

– Ah, é?

Descemos pelo elevador. Nem me dei conta de que ele havia apertado o botão da garagem. Então íamos de carro? Eu nem sabia que ele dirigia.

– Tudo bem pra você se a gente for de carro, né? O Veloso fica meio longe pra ir a pé, e de metrô podemos tomar chuva de novo se ela piorar.

– Lógico! Melhor ainda! Não sabia que além de um vizinho eu tinha ganhado um motorista particular – brinquei.

– Vai nessa! – falou, dando uma piscada.

Ele pegou na minha cintura quando a porta do elevador abriu, me empurrando bem devagarzinho, até sairmos de lá. Aquilo me deixou meio arrepiada. Eu não estava interessada nele ou qualquer outra coisa do tipo, mas meu corpo simplesmente não sabia lidar com um cara gato assim tão próximo de mim.

Joel tinha um carro prata bem bonito. Não fazia ideia de qual era o ano, o modelo ou a marca, nunca fui boa com essas coisas, mas ele ainda tinha cheirinho de novo.

Sentei no banco da frente, pus o cinto de segurança e fiquei olhando para ele dar a partida.

Existe coisa mais sensual que rapazes fortes dirigindo? Não mesmo. Pelo menos não para mim.

Ele olhava fixamente para o caminho, enquanto o vento da janela entreaberta fazia sua franja balançar. Parecia coisa de clip. Eu tentei agir naturalmente, como se estar no carro de um cara gato fosse algo que eu fizesse todos os dias.

Interrompi o silêncio entre a gente perguntando se eu poderia colocar alguma música para tocar. Ele fez que sim com a cabeça e eu fui logo pegando meu celular para escolher alguma banda legal. Só tinha uma pasta lá: MPB. Humpf!

Perguntei se eu podia escolher algo no celular dele e, mais uma vez, ele concordou. Não queria parecer uma intrometida, então apenas abri a parte das músicas e apertei o play. Ouvimos várias da banda Paramore durante o trajeto. Minha preferida foi "The Only Exception".

Me lembrou o Henrique.

Chegamos e vimos que o bar estava lotado. Havia pessoas em pé na porta, esperando para entrar. Aquilo me desanimou um pouco. Não gosto de lugares muito cheios. Analisando as roupas das pessoas ao meu redor, me dei conta de que eu não estava arrumada adequadamente.

Eu havia colocado um vestido claro bem simples e uma sapatilha vermelha. Passei pouca maquiagem, pois fiquei com medo de chover no caminho.

Joel conhecia o dono do bar, e então não demoramos tanto assim para conseguir uma boa mesa. Atravessar aquela aglomeração de pessoas me causou um pouco de pânico. Senti vontade de sair correndo ou de simular uma crise de cólica. Ensaiei até o que iria dizer, mas não tive coragem. Apenas continuei seguindo meu vizinho bonitão e o simpático garçom até sentarmos.

Olhei em volta e concluí que aquele não era o meu lugar. Eu estava transpirando mais que o normal e dei sorte de nos sentarmos bem em frente ao ar condicionado. Droga. Eu nem sequer conseguia me concentrar nas opções do cardápio.

– Não curtiu o ambiente? Podemos ir embora se você não estiver achando bom – ele falou, parecendo preocupado comigo.

Naquele momento, eu achei que ele era um vampiro e que estava lendo meus pensamentos. Qual o problema? Ele era tão bonito quanto o Robert Pattinson e olhava fixamente para mim. Acho que o problema mesmo ali era comigo. Eu nunca soube disfarçar meus sentimentos. Por exemplo, meu humor tinha uma espécie de ligação com meus canais lacrimais. Geralmente, quando eu estava com raiva ou muito ansiosa, chorava feito uma criança imatura.

– Está tudo bem. Só estou escolhendo o que vou pedir. – Soltei um sorriso forçado tentando me convencer daquilo também.

Ir embora seria muita falta de educação. Além disso, eu tinha prometido que daria uma chance para as "novas consequências" das minhas escolhas. Eu o deixei entrar lá em casa e o deixei me convidar para sair, então eu me comportaria como uma adulta normal. Seria uma boa companhia durante toda a noite e pronto.

Não deveria ser tão complicado assim. Considerando os últimos acontecimentos da minha vida, eu já havia enfrentado situações piores.

Pedimos nossas bebidas e uma porção de coxinhas, lógico.

– E então, como foi seu dia? – indagou, tentando iniciar a conversa.

– Ah, como você sabe, fui ao escritório buscar minhas coisas. Depois organizei um pouco o apartamento, paguei umas contas e naveguei um pouco na internet. Nada de muito interessante aconteceu.

– Foi o último dia então?

– É. Na verdade fui demitida. Mas aquele não era o emprego dos meus sonhos, sabe? Eu não estava me sentindo realizada e tal. Não tive de me desapegar de muita coisa – expliquei.

— Menos mal. Uma vez fui demitido de um emprego de que eu gostava muito. Foi horrível, porque eu não conseguia me adaptar em nenhum outro lugar. Meus melhores amigos ainda trabalhavam lá e viviam falando sobre o dia a dia.

— Era uma agência também?

— Sim. Entrei nessa outra agência ainda como estagiário, mas antes mesmo de terminar a faculdade fui contratado. Eles gostavam muito do meu trabalho. E eu também. Amo o que eu faço. Adoro viajar e escrever sobre isso. Nem parece um trabalho pra mim.

— Eu também adoraria trabalhar com algo que amasse...

— E você tem ideia do que poderia ser?

— Sim. Eu me sentiria profissionalmente feliz e realizada se pudesse trabalhar com fotografia. Eu sempre fui apaixonada por tirar fotos, e faço isso desde que eu era adolescente. Já devo ter tirado milhares e milhares de fotos na vida!

— E o que impede você de fazer isso mesmo?

— Ah, sempre foi por diversão. Eu nunca fotografei por dinheiro ou como trabalho. E não faço nem a mais vaga ideia de como poderia começar a fazer isso. Eu não tenho experiência comprovada como fotógrafa profissional, e as empresas normalmente querem pessoas com indicação ou um portfólio extenso. Como eu iria fazer? Esse não é o meu caso.

— Mas quem disse que você precisa ter sido contratada com carteira assinada, como profissional comprovada? Você não tem experiência em fotografar? Pode trabalhar como freelancer. Na publicidade é assim que funciona. A gente contrata por job, pontualmente, e de acordo com o perfil do profissional e das características do trabalho.

— Sério? Puxa, não tinha pensado nisso. — Uma luz começou a se acender para mim.

— Sim. Se você for boa mesmo, vão voltar a te chamar sempre. Olha, faz assim: atualiza seu currículo, junta suas melhores fotos, mesmo que elas tenham sido por hobby, e

manda para mim por e-mail. Vou enviar para algumas produtoras com as quais eu tenho contato.
— Poxa, Joel, obrigada! Nem sei o que dizer. Vou fazer isso amanhã mesmo.
— Sim, tenho certeza de que em pouco tempo você já estará tirando uma grana com isso. — Ele me animou muito.
— Nossa, ia ser um sonho realizado!
— Então vai à luta, menina! Vamos brindar ao seu sucesso como fotógrafa! — E encostou seu copo no meu.
Tim-tim!
Que fofo ele!
— Mas vamos voltar a você. Você disse que tinha sido demitido também. Por quê? — Quis retribuir o apoio que ele estava me dando.
— É que no meu antigo emprego eu me apaixonei pela minha chefe. — Ele pareceu um pouco chateado ao falar sobre esse assunto. — Mas, depois, achei que foi melhor assim. Só assim fui trabalhar no emprego com o qual eu também sempre tinha sonhado.
— Eu também geralmente não me apaixono pelo cara certo. — Virei o rumo da conversa.
— Ainda está acontecendo? — ele perguntou, me analisando.
— Acho que sim. — Meu entusiasmo esfriou um pouco e me encolhi na cadeira.
— Imaginei, quando vi suas últimas publicações no Facebook. Com as redes sociais, é muito fácil descobrir se uma mulher está apaixonada — afirmou, levando o copo à boca.
— Ah, é? Como assim? — perguntei preocupada, mas tentando disfarçar.
Eu me fiz de desentendida, mas sabia muito bem que ele estava falando das indiretas que postei para o Henrique.
— Ah, acho que as mulheres usam as redes sociais como se fosse terapia. Tenho lá minhas dúvidas de que isso funcione, viu? Algumas coisas não precisam ser compartilhadas. Essa

exposição só as torna mais vulneráveis, e, no fundo, as pessoas nem se importam. Elas curtem, compartilham e favoritam. Mas isso não quer dizer que elas vão estar lá quando você realmente precisar, sabe?

Joel estava certo. Mas eu não entendi o motivo daquele sermão. Nós nos conhecíamos havia tão pouco tempo, e eu nem havia postado tanta coisa assim. Imaginei que tivesse a ver mais com seu antigo relacionamento.

– É, você tem razão. O problema é que quando a gente está apaixonado por alguém, toda essa teoria não faz o menor sentido. Principalmente quando essa pessoa mora longe e a única forma de se comunicar com ela é pelas redes sociais – desabafei.

– Longe onde?

– França – respondi reticente.

– É. Realmente... Acho que vou abrir uma exceção para você, viu, moça? Talvez nesse caso ajude sim. – Ele foi muito compreensivo e afetuoso.

O garçom interrompeu nosso papo deixando a porção de coxinhas no centro da mesa. Pareciam mesmo deliciosas, douradas, fumegantes e sequinhas.

Eu comecei a falar sobre o que estava sentindo. É claro que não contei toda a história. Apenas falei sobre minha paixão platônica por um brasileiro que morava em Paris. Disse que a culpa de nós não nos falarmos mais era toda minha e concluí explicando que ele já foi um dos meus melhores amigos.

– E por que você não vai até lá em vez de ficar postando indiretas no Facebook? – ele quis saber.

– Paris? Eu acabei de ser demitida, e você me sugere uma viagem para Paris? – Aquilo era tão improvável para mim que eu nem havia cogitado a possibilidade.

– Não exagere. É óbvio que você teria de juntar um dinheiro antes, mas tenho certeza de que já, já seus freelas como fotógrafa vão render.

— Joel, sua confiança é tão grande que eu estou até me convencendo de que pode dar certo! — eu disse, já me entusiasmando de novo.

— Pode acreditar sim. E se você conseguir equilibrar seu coração independentemente de outra pessoa, vai aumentar muito a chance de dar certo lá. Dizem por aí, e eu concordo plenamente: a melhor maneira de ser feliz com alguém é aprender a ser feliz sozinho. Daí a companhia será questão de escolha, e não de necessidade — ele explicou, e mordeu uma coxinha.

— Faz todo o sentido. — Peguei uma coxinha e também mordi um pedaço.

— Mas, voltando ao assunto distância, vai por mim: uma viagem para a França não fica tão cara quanto as pessoas imaginam. Se você souber os lugares certos para ficar e não fizer questão dos restaurantes mais caros... — ele incentivou.

— Sim, eu sei. E você tem experiência com isso, né? Olha, eu faria qualquer coisa para poder conversar com ele olho no olho, sabe? Dizer um monte de coisas que nunca tive coragem. — E eu já fui imaginando como seria maravilhoso encontrar o Henrique pessoalmente em Paris.

— Te entendo. Eu queria ter tido coragem de fazer isso também. Então, mais um brinde: ao coração partido! — E bateu seu copo no meu mais uma vez.

Tim-tim!

Brindamos e ficamos lá horas falando de viagens, amores não correspondidos, trabalho... discorremos sobre o passado na maior parte do tempo. E fomos uns dos últimos a sair do bar. Não havia trânsito, e o dia já estava quase amanhecendo quando chegamos ao nosso prédio. Ele me deixou na porta do meu apartamento, e eu acabei capotando no sofá com a mesma roupa que saí.

Foi uma noite divertida.

E foi muito legal desabafar, mesmo que parcialmente, com alguém. Nós pensávamos muito parecido em alguns aspectos e compartilhávamos de uma dor um tanto semelhante.

Joel tinha sido apaixonado por sua ex-chefe, uma mulher casada e mãe de dois filhos. Eles viajaram juntos a trabalho e acabou rolando um clima. Ele nem chegou a beijá-la ou algo do tipo, foram só olhares e a tensão no ar, mas a situação ficou tão complicada depois que ela precisou demiti-lo. Talvez porque o sentimento fosse recíproco. Essa possibilidade era o pior para o Joel, porque o fazia ter sempre um pouquinho de esperança.

No dia seguinte, a primeira coisa que fiz foi o que o Joel pediu. Juntei minhas melhores fotos, atualizei meu currículo, fiz uma apresentação legal de mim como fotógrafa e mandei para ele, cruzando os dedos.

Depois, paguei mais contas atrasadas e aproveitei para dar notícias para mamãe em um longo e cansativo telefonema. Não cheguei a contar da demissão, mas expliquei que estava em busca de algo que tivesse mais a ver comigo. Era óbvio que ela não entenderia, e até tentou me convencer a não arriscar trocar de carreira "a essa altura da vida".

Abri o Facebook para ver se havia alguma tentativa de contato do Henrique. Ele parecia estar muito ocupado. Não tinha falado mais comigo nenhuma vez desde aquela nossa conversa, e eu preferi não me intrometer nem forçar.

Eu visitava o perfil dele todos os dias. Várias vezes ao dia, para ser sincera. Mas eu não queria ser confundida com uma de suas fãs. Ele precisava pensar que eu tinha uma vida interessante. Pelo menos para sentir um pouquinho daquela antiga vontade de fazer parte dela.

Combinei com o Joel de, no sábado seguinte, ir ao Parque do Ibirapuera. A previsão era de muito sol. A ideia era ir até lá de bicicleta, já que a prefeitura de São Paulo havia ampliado a ciclovia que liga a Avenida Paulista a vários bairros da cidade. Ele não fazia o tipo saudável, muito menos eu, mas em uma conversa por mensagem que tivemos na quinta-feira, depois de uma reclamação minha sobre como as coisas pareciam muito mais complicadas na minha vida, combinamos de ter um final de semana igual ao das pessoas "felizes".

No sábado, então, fomos fazer nosso programa. Queríamos chegar ao parque bem cedinho. Eu tinha a sensação de que, no Ibirapuera, viver fazia um pouco mais de sentido. Como planejamos, fizemos todo o trajeto de bicicleta. Paramos apenas para comprar água em uma lanchonete de esquina. São Paulo, daquela perspectiva, nem parecia São Paulo. Eu estava tão acostumada com o trânsito, com os carros e com as pessoas empurrando que quase me esqueci de que estava na mesma cidade. A liberdade de poder percorrer o asfalto sentindo o vento gelado bater no meu rosto e bagunçar meus cabelos era quase inacreditável.

O Parque do Ibirapuera entraria fácil para a lista dos meus cinco lugares preferidos da cidade. Pelos mesmos motivos do Museu do Ipiranga. As árvores e as sombras, a tranquilidade, o canto dos pássaros e a paz de espírito que se sente lá.

Joel estava usando uma camisa azul que realçava ainda mais a cor dos seus olhos. Levei minha câmera na bolsa e aproveitei para bater algumas fotos por ali. Nada me deixava mais relaxada do que procurar por momentos que precisavam ser fotografados.

Demos mais algumas voltas de bicicleta dentro do parque, observamos o lago e finalmente paramos para comer. Eu estava exausta e faminta, nem conseguia sentir minhas pernas direito. Devorei um sanduíche e virei um copo de suco com menos de três goles. Ele ficou observando em silêncio, como se estivesse me esperando terminar para contar alguma coisa importante.

– Ei, o que você está me escondendo?

Eu o conhecia há pouco tempo, mas era o suficiente para saber que ele queria dizer alguma coisa.

– Já terminou de comer?

– Sim – respondi, mostrando o copo vazio e o guardanapo na mesa.

— Pois então, como você se comportou bem durante a semana e aceitou o meu convite para ser uma pessoa comum no parque, tenho uma ótima notícia para você – ele revelou, sorrindo.

Comecei a desconfiar do que poderia ser e já fui ficando ansiosa e aflita.

— Diz logo. Por favor! – supliquei.

— Andei conversando com o pessoal de uma das produtoras para onde eu mandei suas fotos. Ontem eles me ligaram e disseram que gostaram bastante do seu trabalho, e que ele tem o perfil exato para um projeto de turismo que estamos fazendo. Querem te colocar em um job!!!

Dei um grito de felicidade e levantei os braços para o alto.

— Isso é incrível! – Saltei do banco e dei um abraço apertado no Joel. Eu mal conseguia acreditar na possibilidade de fotografar e ganhar dinheiro por isso.

— Calma! Eu nem contei a melhor parte ainda – ele completou, me empurrando de leve para a cadeira.

— Tem parte melhor? Como isso pode melhorar? – quis saber, não me contendo de alegria.

— Você sabe que eu cuido da conta daquela agência de viagens, né? Você vai achar que eu forcei a natureza para dar certo, mas eu juro que também me espantei com o jeito como as coisas aconteceram e se encaixaram. O projeto todo envolve três cidades em três continentes diferentes. E foram selecionados três fotógrafos, para que cada um fosse para cada uma dessas cidades fazer o editorial. Coube a mim escolher quem ia para qual.

— Ai, Joel, não estou acreditando no que você está me contando! É fora do país? Quais são as três cidades? – Eu não cabia em mim de excitação.

— Uma é Punta Cana, na República Dominicana. A outra é Cidade do Cabo, na África do Sul. E a terceira é... adivinha?

— Para, Joel, conta logo, você está me matando!

— Para onde você vai...
— Eu vou morrer, fala!
— Paris!
— MENTIRA!!! – gritei tão alto que as pessoas da mesa ao lado olharam com cara de reprovação. Eu não estava acreditando que aquilo estava acontecendo comigo.
— Isso mesmo. A senhorita embarcará para Paris ainda este mês. A grana não é lá essas coisas, mas levando em consideração que o seu principal motivo para estar lá é outro... – Ele estava visivelmente feliz com a minha felicidade.
— Se eles bancarem a viagem e as minhas despesas, eu nem preciso que me paguem! Faço de graça! – Dei três beijinhos na bochecha dele. – Eu nem sei como te agradecer. Você, definitivamente, é o melhor amigo do mundo.
— Imagina. Eu só fiz o que qualquer outro publicitário faria. Eu vi seu trabalho, você tem o dom, só precisa de uma oportunidade. E eu não ia arriscar um trabalho, meu nome e minha reputação se não visse que você tem mesmo total capacidade e condições de fazer. Você leva jeito, Anita – ele falou num tom sério. – Além do mais, resolver essa sua questão com o cara misterioso vai me fazer render mais no trabalho. Não aguento mais responder suas mensagens melancólicas sobre ele estar longe... – voltou a brincar.

E então ele começou a me fazer cócegas.

Como já havíamos pagado o lanche, eu saí correndo antes dele e subi na bicicleta.

— O último a chegar no portão vai pagar o almoço do outro – gritei.

Pedalamos em direção ao portão, e minutos depois olhei para trás e vi que ele estava pedalando atrás de mim. Indo devagar de propósito, provavelmente para pagar meu almoço.

Joel era um presente do destino.

E eu nem sabia que merecia tanto.

9

Faz silêncio, menina.
Sua felicidade anda precisando de paz.

Arrumando a mala para Paris (chique!)
Seis dias (de felicidade)

1. Fones de ouvido, iPhone, câmera fotográfica (óbvio), lentes, tripés e cartões de memória
2. Doze calcinhas, doze meias e doze sutiãs (dobrando o número de peças pelo número de dias da viagem)
3. Dez calças jeans e três leggings
4. Dois pares de tênis confortáveis
5. Três pares de sandálias com salto (caso tudo dê certo e eu vá a algum jantar chique)
6. Seis vestidos de modelos diferentes
7. Dez blusas de manga comprida
8. Cinco moletons (todos os que eu tinha)
9. Um sobretudo quentinho
10. Seis casacos de pele (artificial)
11. Dois moleskines para fazer todas as anotações
12. Livro "Descobrindo a França", com 466 páginas e mapa de Paris

13. Boina, luvas e meia-calça segunda pele
14. Uma bolsa especial com todos os meus cosméticos e produtos de higiene
15. Outra bolsa com o líquido da lente, alguns pares reserva e remédios
16. Passaporte, documentos, cartões, euros (enviados pela agência para minhas despesas com alimentação e transporte), voucher do hotel e passagem aérea

Em uma semana, eu estava triste na cama e querendo desaparecer deste universo. Na outra, eu estava pulando feito maluca em cima de uma mala enorme – de alegria e fazendo força para tentar fechá-la.

A ansiedade era tão grande que eu quase vomitei quando recebi os e-mails com a confirmação das passagens áreas. Era minha primeira viagem internacional. Seria a primeira vez que eu de fato colocaria em prática meus anos no cursinho de inglês e meus meses no de francês.

Por sorte, minha mãe já havia me obrigado a tirar o passaporte um ano antes, "caso eu fosse promovida e aparecesse uma viagem de última hora".

Promovida? Quase isso, mamãe.

E foi o que eu disse para ela quando liguei contando as novidades. Expliquei que era um freela e que não iria interferir no meu "trabalho no escritório". Disse que eu estava de férias e acabei juntando o útil ao agradável (na verdade, a saudade e a falta de grana).

Seguindo os conselhos do Joel, deixei o orgulho de lado e mandei uma mensagem para o Henrique um dia após nosso passeio no Parque do Ibirapuera. No dia seguinte, vi que ele estava online. Ele provavelmente viu minha mensagem e acabou me chamando no chat do Facebook.

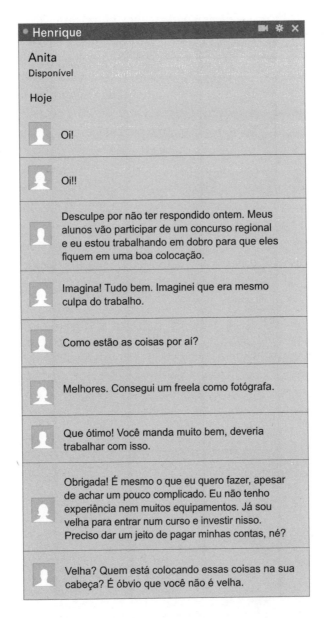

Alguns instantes depois, ele me mandou um link para o site da revista *Veja*. Era um artigo que falava sobre campos de trabalho e a idade dos profissionais. O jornalista levantava a bandeira de que não existe época certa para investir e se dedicar a uma nova carreira. Escrevia ainda que uma boa porcentagem das pessoas mais bem-sucedidas em cada área era relativamente mais velha e havia mudado de profissão, porque fez a escolha profissional errada na adolescência, por influência dos pais ou até mesmo por falta de oportunidades.

Segundo a matéria, a experiência em uma nova área, mesmo que sem nenhuma ligação direta com a anterior, acabava ajudando e dando uma nova perspectiva ao profissional, tornando-o mais maduro e também dedicado. Por não ter feito faculdade cedo, para concorrer com os outros e conseguir vaga no mercado, esses profissionais maduros tinham de estudar em dobro ou ainda possuir o dom para trabalhar em determinada área. E as empresas estavam de olho em pessoas assim.

Achei que a teoria fazia todo o sentido. E comecei a questionar se as coisas seriam diferentes se eu tivesse escolhido outro curso na faculdade. Talvez artes... Decidir o que faremos da vida quando ainda temos 18 anos e dependemos financeiramente dos nossos pais é algo arriscado. Nem todo mundo descobre sua vocação tão cedo e também existem famílias que influenciam. Como a minha.

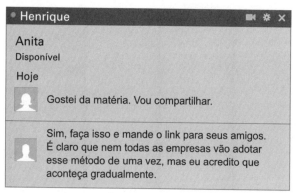

Pude perceber que ele digitou e apagou algumas vezes.

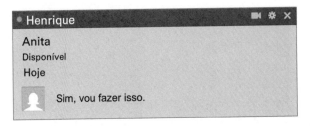

Falei, apesar de que eu nem sabia mais quem eram eles.

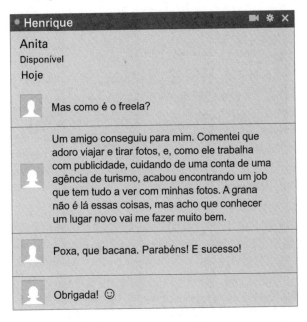

Eu não queria contar ainda pra ele que meu destino era Paris. Preferi esperar e falar depois. Não queria assustá-lo ou antecipar as coisas. Se eu estragasse tudo antes mesmo de embarcar, eu não teria nenhuma outra chance na vida. Tudo tinha de sair exatamente como eu estava planejando. Nos mínimos detalhes.

Esperei que ele viesse falar comigo nos dias seguintes e contei. Para minha alegria, ele adorou a novidade e não transpareceu ter achado estranho ou algo do tipo. E começamos a falar de Paris, até que eu contei que meu filme preferido estava relacionado com a cidade. E "descobrimos" (eu já sabia, lógico) que ele também sentia um amor incondicional pelo mesmo longa-metragem. Então ele disse que, quando eu estivesse lá, fazia questão de ser meu guia para fazermos um passeio seguindo o roteiro dos cenários do filme. Obviamente, eu aceitei sem nem pensar duas vezes.

    Eu ficava olhando a foto de perfil dele, como se meu humor durante o resto do dia estivesse diretamente ligado ao nosso possível diálogo via mensagem. Não queria parecer interessada demais. Eu não era nem um pouco experiente com essa coisa de conquista, mas analisando todos os meus antigos rolos, os que mais duravam eram normalmente aqueles em que o cara não demonstrava muito que gostava de mim.

    Aquilo tinha certa lógica na minha cabeça.

    Para dar certo, qualquer relacionamento deveria começar como um jogo de conquista. Se um dos envolvidos já tiver plena certeza de que o outro o ama, fazer parte daquilo perde um pouco da graça. Li isso em uma revista de fofoca no consultório médico uma vez quando estava fazendo alguns exames de rotina. Recomendações da mamãe...

    Com os outros órgãos eu não sabia, mas certamente havia algo de errado com o meu coração. Ele quase saía pela boca quando a janela com o nome do Henrique subia no canto da tela ou meu celular vibrava no meio da madrugada. Eu ficava me sentindo uma otária quando era apenas notificação de algum aplicativo chato ou alguma pessoa atualmente estranha para mim querendo falar de assuntos que eu desconhecia. Não era nada simples assumir a vida de outra pessoa.

    Me disseram para não colocar o amor na frente de tudo, para não criar tantas expectativas nem fazer planos, mas aquilo era difícil demais para mim. Jamais tive tanta certeza de um sentimento na vida.

    Eu estava perdidamente apaixonada por aquele cara. A fragilidade da nossa relação me deixava ainda mais envolvida. Era como se tudo dependesse de mim. Ele não tinha as mesmas lembranças que eu, mas eu estava totalmente disposta a lidar com isso.

Quando encontramos um amor e nos sentimos prontos para ele, como eu me sentia, finalmente conseguimos entender o porquê de todos os outros relacionamentos terem dado tão errado.

***

Na madrugada de sábado para domingo, véspera do meu embarque, a casa estava uma bagunça, e a minha mala parecia que ia explodir a qualquer momento no canto da sala. Amarrei nela uma fita azul bem grande para ninguém pegá-la por engano na esteira. Não consegui dormir durante a noite, então desisti de ficar com os olhos fechados no escuro e peguei o celular. Joel me viu online no WhatsApp e mandou uma mensagem.

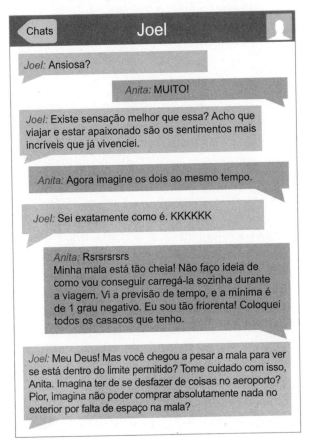

Joel: Ansiosa?

Anita: MUITO!

Joel: Existe sensação melhor que essa? Acho que viajar e estar apaixonado são os sentimentos mais incríveis que já vivenciei.

Anita: Agora imagine os dois ao mesmo tempo.

Joel: Sei exatamente como é. KKKKKK

Anita: Rsrsrsrsrs
Minha mala está tão cheia! Não faço ideia de como vou conseguir carregá-la sozinha durante a viagem. Vi a previsão de tempo, e a mínima é de 1 grau negativo. Eu sou tão friorenta! Coloquei todos os casacos que tenho.

Joel: Meu Deus! Mas você chegou a pesar a mala para ver se está dentro do limite permitido? Tome cuidado com isso, Anita. Imagina ter de se desfazer de coisas no aeroporto? Pior, imagina não poder comprar absolutamente nada no exterior por falta de espaço na mala?

Eu nem tinha pensado naquilo. Aliás, não tinha experiência com a questão. Eu não tinha grana para comprar coisas, no máximo uma lembrança para o pessoal lá em casa, e olhe lá. Mas ele estava certo. Eu não conseguiria colocar nem mais um grão de arroz ali dentro.

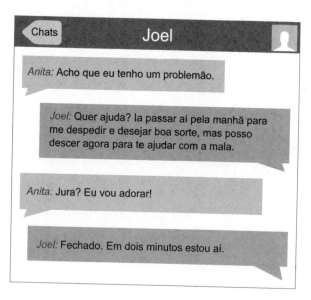

Deixei o celular de lado e levantei depressa para tentar dar uma arrumada na sala, para diminuir o caos. A mala estava encostada na parede, já fechada, mas tinha roupas, sapatos e acessórios por toda parte. Catarina estava se divertindo na bagunça. Juntei tudo em uma sacola de plástico e coloquei no meu quarto. Fechei a porta e fiquei aliviada ao ver que o cômodo estava apresentável novamente.

Joel nem precisou tocar a campainha. Quando escutei o barulho do elevador chegando, fui logo abrindo a porta do apartamento. Preferi não fazer barulho e arriscar acordar os outros vizinhos bem no meio da madrugada.

Quando ele entrou, notei que estava segurando uma balança daquelas fininhas de vidro. Embora eu tivesse lido um milhão de matérias na internet sobre a primeira viagem internacional, eu nem me toquei que o peso da minha mala poderia se tornar um problema. Ainda bem que ele estava lá para me lembrar daquilo.

Antes de abrirmos o zíper, mostrei minha lista de viagem para ele, para ver se eu estava me esquecendo de alguma coisa ou até exagerado em algum item. Fiquei tensa quando percebi que ele se assustou com a quantidade de coisas. Ele arregalou os olhos, abriu a boca e colocou a mão na frente dela, com um ar brincalhão.

— O que foi? Errei tanto assim? — perguntei.

— Você está me abandonando? — ele disse, com uma cara de preocupado, mas ao mesmo tempo em tom de brincadeira.

— Como assim?

— Você vai fugir do país? Com esse tanto de coisa dá para ficar fora por uns dois meses. — E então ele levantou a mala com uma das mãos. — Isso aqui está muito pesado para você, Anita. Imagine ter de carregar isso sozinha durante a viagem? Vamos ter de abrir e reorganizar, tá?

— Nossa, que louca, desvairada e exagerada, né?

— Nem tanto. Só literalmente "viajante de primeira viagem"...

E caímos na risada. Eu tinha ficado totalmente desesperada quando ele levantou a mala, mas, depois que ele falou aquilo com tanta tranquilidade, eu acabei me acalmando e achando graça.

Então, o Joel me explicou que não era preciso levar tanta coisa assim em uma viagem internacional. Mesmo no inverno. Com as peças certas, de preferência mais neutras, eu conseguiria me virar sem ter de carregar uma mala gigante e ainda arriscar pagar uma taxa por excesso de bagagem na hora da volta. Ele ainda completou dizendo que a cada viagem eu levaria menos coisas.

Eu duvidei.

Tiramos tudo da mala e a organizamos de novo. Com a ajuda dele, tirei um monte de coisa, separei um look para cada dia, todos os cosméticos e equipamentos realmente necessários e ainda sobrou espaço para minhas futuras compras. A mala estava pesando apenas 15 quilos. Dei um pulinho de felicidade quando tentei levantá-la e consegui sem muita dificuldade.

O que seria de mim sem o Joel? Além disso tudo, ele ainda ia cuidar da Catarina enquanto eu estivesse fora. Fiquei pensando enquanto o observava fechar minha bagagem.

Ele estava sendo tão carinhoso e prestativo que eu nem conseguia mais imaginar meus dias sem sua companhia e, principalmente, sem seus conselhos. Eu o vi pela primeira vez apenas algumas semanas antes, mas era como se nós nos conhecêssemos já há muito tempo. Talvez de outras vidas ou universos paralelos. Vai saber...

Dizem que não existe amizade entre um homem e uma mulher. Ouvi algo sobre uma tal de "friend zone" também. A gente era a prova de que esse pensamento era besteira. Talvez porque estávamos os dois presos a antigos relacionamentos. Também não tínhamos mais 15 anos de idade. Ele era lindo, o cara para quem qualquer garota diria "sim", mas era ainda mais incrível como melhor amigo.

Caras bonitos eu encontro em qualquer lugar, bons amigos não.

Depois de tudo resolvido, ele foi embora dizendo que ia me levar ao aeroporto no dia seguinte. Eu disse a princípio que não precisava, mas o Joel insistiu, e acabei aceitando. Além de o táxi até Guarulhos ser bem caro, eu estava ansiosa demais para aguentar passar as horas antes do meu primeiro voo internacional ao lado de desconhecidos.

Ele me conhecia o suficiente para saber disso.

Tudo bem, qualquer pessoa que tenha trocado duas palavras comigo saberia disso.

Mas ele já me conhecia o suficiente para se importar, e eu achava isso incrível.

Ainda verifiquei se meu passaporte estava dentro da bolsa de mão pela milésima vez e só então consegui fechar os olhos e dormir.

***

O aeroporto estava lotado.

Depois de enfrentar uma fila enorme, dar tchau para minha mala vermelha quando finalmente consegui fazer o check-in, me tranquilizei ao pegar o cartão de embarque. Aquele pedaço de papel era uma espécie de garantia para mim de que nada poderia dar errado. Eu ia *mesmo* para a França.

Me despedi do Joel alguns minutos antes do embarque. Ele me deu um abraço, um beijo na testa e outro estalado na bochecha. Disse que queria atualizações diárias da viagem e que estava encarregado de receber as fotos tiradas por mim para a agência. Eles tinham me passado um briefing de tudo o que eu deveria fotografar, então eu tinha um roteiro.

Agradeci mais uma vez por tudo o que ele havia feito e entrei na sala de embarque. Na entrada, entreguei meu bilhete, passei pela Polícia Federal e fui até meu portão, aguardar o horário para entrar no avião.

Sentei em uma cadeira vazia e vi uma tomada. Pensei então em carregar mais meu celular. Minha bolsa de mão estava lotada, e eu quase tive um treco quando não consegui achar o carregador. Pluguei o aparelho, coloquei um fone no ouvido e comecei a ouvir a trilha sonora especial que eu havia montado para a viagem.

Trilha sonora para ir encontrar o Henrique
- Lost - **KT Tunstall**
- For You - **Angus and Julia Stone**
- Quando O Sol Se For - **Detonautas**
- You Bring Me Home - **Brandon Chandler**

- ▶ Everything Has Changed - **Taylor Swift ft. Ed Sheeran**
- ▶ Eu Vou Tentar - **Ira!**
- ▶ Only Love - **Ben Howard**
- ▶ Sunshine And City Lights - **Greyson Chance**
- ▶ Bones - **Ginny Blackmore**
- ▶ If I Lose Myself - **One Republic**
- ▶ A Thousand Years - **Christina Perri**
- ▶ Fix You - **Coldplay**
- ▶ Nickelback - **How You Remind Me**
- ▶ I Wouldn't Mind - **He is We**
- ▶ Only One - **Yellowcard**
- ▶ Kiss Me - **Sixpence None The Richer**
- ▶ Open Your Eyes - **Snow Patrol**
- ▶ Walking After You - **Foo Fighters**
- ▶ Room On The 3rd Floor - **McFly**
- ▶ With Me - **Sum 41**
- ▶ Se For Pra Tudo Dar Errado - **TÓPAZ**
- ▶ A Beautiful Mess - **Jason Mraz**
- ▶ How - **Regina Spektor**
- ▶ Carried Away - **Passion Pit**
- ▶ Heaven - **Bryan Adams**
- ▶ Dançando - **Agridoce**
- ▶ Stairway To Heaven - **Led Zeppelin**
- ▶ Basket Case - **Sara Bareilles**
- ▶ The Reason - **Hoobastank**
- ▶ Be The One - **The Ting Tings**

Eu me senti dentro de um filme quando chamaram o número do meu voo e eu finalmente entrei no avião. Havia uma televisão só para mim, e as aeromoças pareciam ter saído de um desfile de moda. Eu não conseguia nem piscar, de tão surreal que aquilo estava sendo para mim.

A decolagem foi tranquila. Comecei a sentir frio, então coloquei mais uma blusa que havia levado na bolsa de mão. Me enrolei em uma espécie de mantinha que eles distribuíram no começo da viagem. Em pouco tempo, fiquei com muito sono e encostei para dormir – e acabei perdendo o jantar que serviram durante o voo. Eu teria de ficar quase doze horas ali dentro, e o meu Dramin nunca foi tão necessário.

Nem sei quanto tempo dormi, mas abri meus olhos e ainda estava escuro. Acho que a ficha não tinha caído direito. Por um instante, pensei que ainda estivesse em um daqueles sonhos bem reais. Apertei o botão para visualizar o mapa na telinha e me dei conta de que ainda estávamos sobre o Oceano Atlântico, mas praticamente acima da Europa.

NA EUROPA!

Olhei através da janela e lá embaixo notei uma paisagem diferente das do Brasil. Era mais verde e organizada. Eu conseguia enxergar um monte de formas geométricas. Parecia pintura ou montagem de Photoshop, mas era real. Simplesmente incrível.

O piloto anunciou que iríamos descer algum tempo depois, informando a temperatura e a hora local. Ele disse a mesma coisa em três línguas diferentes: francês, inglês e português.

Depois de um pouso tranquilo, de ficar quase uma hora na fila da imigração e de chegar à esteira de bagagens, pude ver que o aeroporto de Paris é extremamente bonito, mas proporcionalmente confuso. Por alguns instantes, achei que minha mala havia sido extraviada. Ela foi uma das últimas a chegar, e aquilo me deixou em pânico. Olhei para a tela que indicava o voo mil vezes para confirmar. Por sorte, vi a senhora que estava ao meu lado durante o voo pegando suas bagagens e então tive certeza de que estava no lugar certo.

Quando dei o primeiro passo para fora do aeroporto, em busca de um táxi, um floco de neve caiu bem diante dos meus olhos, a centímetros de distância. Fiquei arrepiada, e meus olhos se encheram de lágrimas. O chão não estava branco, como eu esperava que estivesse, mas ao olhar para cima, constatei que estava nevando.

Eu oficialmente conhecia neve agora.

Joel tinha me ajudado com as reservas, e eu ficaria em um hotel três estrelas muito bem localizado. E foi para lá que o táxi me levou, o que demorou bastante, já que ficava longe do aeroporto. Mas para mim tudo era bom, até o trânsito para chegar à cidade. Eu estava deslumbrada com tudo.

Paris é uma cidade muito antiga, e, por sorte, seu metrô também é, e há literalmente centenas de estações. É possível ir para qualquer lugar de metrô, e sempre há uma estação por perto. Por isso, pode-se conhecer os principais pontos turísticos sem precisar gastar muito com transporte. E meu hotel ficava exatamente a uma quadra de uma estação do metrô, o que era ótimo.

Na mesma rua da estação do metrô havia um café, um mercado de frutas e verduras frescas e uma infinidade de lojinhas muito, mas muito charmosas, vendendo de tudo o que se pode imaginar: chás, sabonetes, doces, joias, queijos, roupas, perfumes, livros... Quando o táxi passou por ali pela primeira vez, eu até me esqueci da dor no corpo que estava sentindo pela viagem. Só queria deixar minhas malas no hotel e sair andando e fotografando toda aquela cidade mágica. É incrível, mas não existia nenhum canto de Paris que fosse feio. Tudo era lindo.

E os jardins? Eu poderia morar para sempre em um daqueles jardins. Poderia virar uma formiguinha francesa. E olha que o inverno ainda não havia se despedido da cidade, hein? Sempre me disseram que em outras épocas do ano, principalmente na primavera, tudo era ainda mais bonito e colorido. Mas eu já estava achando tudo fantástico.

Depois de deixar minhas coisas no hotel, passei algumas horas andando, até fazer uma parada obrigatória em um café típico para esquentar o corpo e comer alguma coisa. Decidi então ir à Torre Eiffel. Estar em Paris e não ir até lá ainda primeiro dia é quase falta de educação. Até aquele momento, eu olhei para todos os lados buscando a torre. A cada esquina que eu virava eu a procurava. Até que a vi de longe! Foi uma emoção que eu nem sei descrever, e tive então certeza de que estava lá mesmo, de verdade.

Era começo de noite, mas tive a sensação de que o dia havia escurecido antes da hora. No inverno, a luz natural acabava cedo. Para ir a pé até ela seria longe, pelo que eu via no mapa, então resolvi ir de metrô. Entrei na estação mais próxima e foi fácil perceber que eu deveria ir até a estação Trocadero, ao lado da Torre Eiffel. Foi o que fiz. Quando saí do metrô, senti o frio que fazia àquela hora. Caminhei pelos jardins do Palais de Chaillot e, então, finalmente, cheguei aos pés da torre.

Fiquei tão impressionada que nem consegui fotografar. As luzes pareciam estar me hipnotizando. Eu simplesmente não conseguia mais sair do lugar. Piscar era quase um sacrifício. Henrique havia me descrito aquela sensação diversas vezes, mas eu jurava que era só modo de falar. Agora, sabia que ele não estava exagerando. Era difícil acreditar que eu realmente estava tão perto de uma das estruturas mais visitadas do mundo inteirinho. Nos livros e nas fotos, ela parecia delicada e romântica. Ao vivo, o que mais me impressionou foi o tamanho.

Senti uma baita vontade de subir lá no topo, mas a fila estava tão grande que decidi deixar para um dia em que eu fosse visitá-la mais cedo.

Quando cheguei ao hotel, já era bem tarde. Ajeitei mais minhas coisas, abri o pacote com o adaptador de tomada que comprei em uma espécie de mercado no caminho e deixei o celular carregando no criado-mudo antes de entrar para o banho.

O hotel era antigo, mas bastante aconchegante. Os móveis eram de madeira escura, e as cortinas e colchas combinavam.

Havia uma janela enorme bem em frente à escrivaninha. Os tecidos do cômodo tinham tons de vinho, e o cheiro era bem característico. Acho que era aromatizante de lavanda.

O vapor do chuveiro embaçou o vidro do espelho e eu desenhei um coração com a ponta dos dedos. Eu estava na cidade mais romântica do mundo! O cara de quem eu gostava também.

Vesti meu pijama e deitei na cama, sentindo cada vértebra da minha coluna quando finalmente me estiquei. Liguei para a recepção para perguntar se havia wi-fi no quarto e o que eu deveria fazer para usar. Um rapaz muito educado me atendeu. Ele falava inglês com muito sotaque, e eu quase não consegui entender. Soltei um "o quê?" sem querer, e então ele começou a falar português, com sotaque de Portugal. Fiquei tão feliz em saber que ele entendia minha língua! Ele falava engraçado, como se estivesse contando uma daquelas piadas bestas de portugueses.

Anotei a senha em um papelzinho e fui logo ligando o notebook. Ainda não tinha avisado para ninguém que eu havia chegado bem. Primeiro, liguei para mamãe usando o Skype, e depois para o Joel. Prolonguei a conversa porque eu estava com medo de partir para a próxima ação da lista.

O medo é uma coisa engraçada. Ele meio que embala a vácuo nossos outros sentimentos. Faz com que a gente deixe para depois nossos sonhos e vontades.

Eu estava com medo.

Medo de o Henrique não gostar de mim.

Medo de tudo dar errado e eu voltar para casa completamente desiludida.

Eu estava gostando da minha vida, mas não sabia muito bem o que aconteceria dali para a frente. Afinal, a grana da viagem não era o bastante para eu me manter por muito tempo. Eu teria de arrumar um emprego de verdade para conseguir continuar pagando meu aluguel e minhas outras despesas em São Paulo.

Criei coragem e enviei uma mensagem para o Henrique. Ele não estava online no Facebook, então apenas apertei enter e abaixei a tela do notebook. Dormi pensando em que canto da cidade ele estaria.

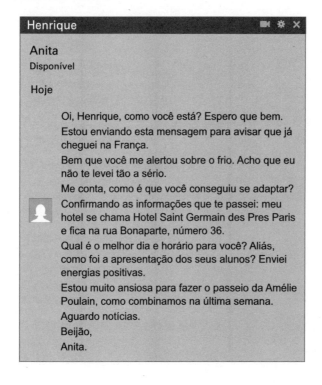

Henrique

Anita
Disponível

Hoje

Oi, Henrique, como você está? Espero que bem.
Estou enviando esta mensagem para avisar que já cheguei na França.
Bem que você me alertou sobre o frio. Acho que eu não te levei tão a sério.
Me conta, como é que você conseguiu se adaptar?
Confirmando as informações que te passei: meu hotel se chama Hotel Saint Germain des Pres Paris e fica na rua Bonaparte, número 36.
Qual é o melhor dia e horário para você? Aliás, como foi a apresentação dos seus alunos? Enviei energias positivas.
Estou muito ansiosa para fazer o passeio da Amélie Poulain, como combinamos na última semana.
Aguardo notícias.
Beijão,
Anita.

10

*Quando você escolhe seu futuro,
o presente inevitavelmente vira o passado.
Boa escolha.*

O dia seguinte amanheceu muito ensolarado. O aquecedor do quarto quase me fez acreditar que eu conseguiria sair usando apenas uma camada de roupa, mas olhei pela janela e vi que as pessoas estavam bem agasalhados na rua. Era bem cedo, e a temperatura continuava muito baixa.

Abri o notebook e meu coração disparou quando vi nas notificações que o Henrique havia respondido minha mensagem minutos antes. Ignorei todas as outras e li pelo menos umas vinte vezes o pequeno parágrafo que ele escreveu. Só para ter certeza de que não estava deixando passar nenhum detalhe.

Eram boas notícias.

Ele havia conseguido autorização do chefe para sair mais cedo naquele dia. Melhor ainda: teria a semana toda livre para passear comigo pela cidade luz. Não explicou direito, mas adiantou que os alunos foram muito bem na apresentação, e isso deixou os diretores da escola muito contentes. Seriam férias adiantadas e merecidas.

Henrique avisou ainda que me encontraria na estação de metrô Saint-Germain-des-Prés, a mais próxima do hotel onde eu estava hospedada.

Tudo estava saindo exatamente como planejado. Isso me deixou com um baita frio na barriga, uma vontade de sair contando para todo mundo o que estava prestes a acontecer. Ok. Talvez eu publicasse algumas coisas no Twitter...

Por outro lado, tudo aquilo também me deixava um pouco assustada. Normalmente, quando as coisas começam a dar certo na minha vida, algo de ruim acontece e eu volto à estaca zero.

Passei os últimos dias tentando não criar expectativas, mas acho que quando algo é realmente importante para a gente, o cérebro faz isso automaticamente. Uma pena ele não saber exatamente o que fazer para as coisas saírem como a gente quer.

Vesti uma roupa qualquer e desci para tomar café da manhã. Eu não havia me alimentado direito no dia anterior, então meu estômago já estava queimando de dor. O acesso ao restaurante era feito pela recepção. Enquanto atravessava o saguão, encarei os funcionários tentando identificar qual deles era o que havia conversado comigo na noite anterior e falava português. Todos eram muito bonitos e charmosos, características comuns nos rapazes europeus.

Antes mesmo de chegar ao último degrau da escada, senti um cheirinho delicioso de comida. Meu estômago roncou alto, e eu fiquei morrendo de vergonha. Cheguei a tossir duas vezes para disfarçar. Ainda bem que o restaurante estava cheio, e ninguém reparou em mim.

Ao contrário do meu quarto, que era simples e pequeno, o restaurante me deixou impressionada. Havia lustres de cristal no teto e um papel de parede floral em tons de rosa e azul piscina. A luz amarelada deixava tudo meio romântico. Parecia cenário de clipe da Taylor Swift.

Soletrei meu nome para o rapaz que estava na porta segurando uma lista com a relação dos nomes dos hóspedes e seus quartos. Varri o cômodo com os olhos até finalmente encontrar uma mesa vaga. Era bem próxima da cozinha, mas aquilo não era um problema para mim.

Quando reparei nas roupas dos outros hospedes, senti vontade de voltar para o meu quarto e vestir algo melhor. O hotel era mesmo três estrelas, mas eles se vestiam como se estivessem indo a um evento muito importante. Uma senhora usava pele de coelho e um brinco de pedras que provavelmente custava mais que toda a grana que eu já tinha gastado na vida. Tentei me concentrar no croissant enorme que coloquei no meu prato.

***

Henrique estaria na estação de metrô por volta das 11 horas da manhã. Isso significava que, no momento em que terminei de tomar o café no restaurante, ainda me restavam umas três horas para me arrumar e trabalhar um pouco.

Era estranho imaginar que aquele seria o nosso primeiro encontro.

Já no quarto, tirei a roupa e vesti o roupão que estava pendurado na porta, enquanto escolhia o que ia usar. Havia alguns cremes no banheiro, miniaturas oferecidas pelo hotel. Tinham cheirinho de flores do campo. Como minha pele estava bem seca por causa do frio, coloquei uma quantidade boa na palma da mão e espalhei o produto pelo meu corpo.

Abri minha mala e derrubei tudo o que estava lá dentro em cima da cama. Nem me importei com a bagunça. Experimentei algumas peças, entre elas calças, saias e vestidos, mas não achei que nenhuma ficava tão bem para o encontro que eu ia ter. O volume da sobreposição dos casacos escondia completamente as curvas do meu corpo. E, pela primeira vez na vida, eu tinha curvas. Henrique jamais se apaixonaria por um saco de batatas, e foi exatamente assim que eu me senti quando olhei no espelho vestindo tantas peças de uma vez só.

Acabei optando por um vestido vermelho, uma meia-calça roxa, boina branca e uma botinha preta com salto médio e quadrado. Sei que é difícil imaginar uma boa combinação com essas cores, mas olhando o reflexo no espelho, a composição parecia perfeita. Talvez porque eu estivesse me sentindo bonita, contrastando com a cidade.

Paris no inverno tem um tom meio amarelado, proporcionado por suas belas e antigas construções. Acho que se não fosse pelo charme e pelo romantismo natural que a cidade possui, diriam que é um pouco depressiva e melancólica.

Mas aquilo era só um detalhe.

Tudo é só um detalhe quando quem você ama está vindo ao seu encontro.

Levei minha bolsa com cosméticos para o banheiro e me maquiei cuidadosamente depois de colocar as lentes de contato.

Apliquei muitas camadas de rímel e fiz um coque bem firme para deixar as pontas do cabelo encaracoladas. No frio, minha pele ficava naturalmente rosada, mas não abri mão de passar um pouquinho de blush. Finalizei com um delineador bem fininho.

Eu estava saindo do quarto quando me lembrei do perfume.

Como pude me esquecer de usar perfume em Paris?

Eu usava um perfume chamado Miss Dior desde sempre. Como ele é evidentemente francês, o próprio Henrique já havia me enviando alguns frascos. Lembro-me de que, certa vez, quando nós ainda éramos melhores amigos, ele chegou a dizer que o Miss Dior era o melhor perfume do mundo porque sempre que alguém passava ao lado dele com aquele cheiro, ele se lembrava de mim e sentia ainda mais saudade.

Dá para acreditar que eu não me toquei que isso era uma declaração de amor? Onde eu estava com a cabeça? No cara errado, certamente.

Fechei a porta do quarto e esperei o elevador, que demorou uma eternidade para chegar ao térreo.

Quando coloquei o pé para fora do hotel, meu corpo inteirinho se arrepiou. Acho que o vento simplesmente não dava a mínima para o fato de aquele ser o dia do meu primeiro e decisivo encontro com o Henrique. Notei que algumas pessoas na rua estavam me encarando. Talvez porque eu estivesse usando pouca roupa. Ou porque a combinação estava se destacando demais em meio a tantos casacos pretos e marrons. Nem liguei. Continuei andando com meus fones de ouvido e minhas músicas no último volume e os cabelos ao vento. Eu tinha a sensação de estar caminhando sobre as nuvens.

Aproveitei o pouco tempo que tinha antes do encontro para tirar umas fotos. Depois, cheia de ansiedade, fui em direção ao local combinado.

Ouvia o primeiro trecho da música "Only Love" de Ben Howard quando o avistei de longe. Meu coração bateu mais forte, e, em questão de milésimos de segundo, tudo começou acontecer bem devagarzinho. Era como seu eu estivesse sob o efeito de alguma droga alucinógena. Tive a impressão de que as pessoas ao meu redor caminhavam em câmera lenta, como naqueles clipes e filmes. Meus movimentos pareciam cada vez mais leves e suaves, como se eu fosse voar a qualquer momento, mas eu estava completamente parada olhando na direção dele. Praticamente uma estátua.

Henrique ainda não tinha me visto. Estava distraído, com o celular na mão.

Ele usava um sobretudo preto, elegante, muito parisiense, com um cachecol charmosamente jogado no pescoço. Parecia um francês autêntico.

Ele estava lindo.

Tive uma ideia. Peguei o celular na bolsa e ativei o roaming de dados. Quem se importa com a conta de telefone, não é mesmo? Eu precisava muito enviar uma mensagem. Procurei o nome do Henrique (que eu havia adicionado recentemente) na agenda e escrevi:

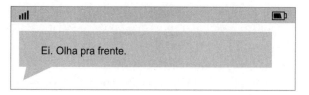

Coloquei o celular de volta na bolsa e, quando olhei na direção dele novamente, ainda distante, nossos olhares se encontraram. Eu dei um sorriso sem mostrar os dentes, e ele retribuiu com o que eu agora chamava de "um raio do sol".

O sorriso dele era tão espontâneo e sincero! Do jeitinho que eu tanto amava.

Começamos a caminhar um em direção ao outro. Tudo o que eu ensaiei na frente do espelho por dias simplesmente desapareceu da minha mente. De repente, éramos apenas eu, ele e todo o amor que explodia como fogos de artifício dentro de mim.

Talvez eu estivesse comemorando antes da hora, mas eu precisava festejar aquele reencontro.

Nosso primeiro abraço foi totalmente desajeitado. Acho que porque ele estava apenas me cumprimentando e eu já estava procurando sentir a textura da sua roupa, o perfume dos seus fios de cabelo, a largura dos braços, o calor da pele e tudo o que os meus sentidos me permitissem.

– Então você é a Anita. Que bom nos conhecermos pessoalmente – ele disse, aparentemente feliz por me ver.

Ouvir aquilo me deixou alegre, mas me magoou um pouco também. Eu queria muito poder contar a verdade de uma vez. Explicar que, um dia, na verdade até bem pouco tempo atrás, eu era o amor da vida dele. Eu queria transferir com um beijo demorado todas as minhas lembranças mais doces.

Mas aquilo não faria o menor sentido. Ele não acreditaria em nada, e ainda me acharia uma louca varrida. Fala sério! Se uma desconhecida aparecesse para você dizendo que, em um universo paralelo, você o amava perdidamente e ainda por cima começasse a cobrar reciprocidade, sinceramente, o que você faria? Daria gargalhada, óbvio. Eu não queria que ele me achasse louca. Por mais que eu estivesse me sentindo assim havia um bom tempo.

Apenas engoli em seco e respondi.

– Sim. Finalmente! Você é ainda mais bonito pessoalmente!

Ele ficou corado no mesmo instante. Eu também.

Não sei o que estava se passando pela minha cabeça quando eu disse aquilo. Porque, se a minha grande técnica de sedução fosse dar mole assim, logo de cara, não funcionaria nem um pouco. Henrique nunca gostou de garotas atiradas.

– Preparada para fazer o roteiro nos locais do filme?

– Acho que esperei minha vida toda por isso.

E então ele segurou uma de minhas mãos e fomos em direção à catraca do metrô.

***

O fabuloso destino de Amélie Poulain é um lindo filme francês de 2001 dirigido por Jean-Pierre Jeunet. Ele se tornou meu filme predileto quando o assisti pela primeira vez em uma aula de sociologia no colégio, ainda no segundo ano. A maioria dos alunos achou um saco e parou de prestar atenção logo no começo, mas eu simplesmente amei e me enxerguei na história.

Na faculdade, descobri que o Henrique também adorava o filme, e que era também um de seus preferidos.

A história é uma espécie de conto de fadas moderno que mostra a vida de Amélie desde que ela era uma menininha até se tornar uma mulher. Não quero estragar para quem não viu ainda, mas a certa altura ela resolve fazer pequenos gestos para ajudar e tornar mais felizes as pessoas ao seu redor (minha parte preferida). Sua existência ganha então um novo sentido. Em uma dessas pequenas grandes ações, ela encontra um homem, e seu destino muda para sempre.

Definitivamente, é um filme para pessoas sensíveis.

Eu estava ao lado do Henrique, como quis tanto, e não sabia muito bem o que dizer. Puxar papo com alguém que a gente ama é infinitamente mais difícil que fazer isso com desconhecidos. Cada palavra importa. E eu não queria que ele me achasse uma boba apaixonada. Também não queria parecer tímida demais. E era estranho sentir essa insegurança toda com o Henrique. Justo com ele, o único cara do mundo que costumava me deixar completamente à vontade em qualquer situação.

Eu não queria admitir, mas naquele momento comecei a perceber que as coisas jamais seriam exatamente como antes. Henrique era um cara especial. Conseguia despertar em mim sentimentos que eu nem sabia que existam, deixava meus sentidos aguçados, mas aquele rapaz bonito que estava bem na minha frente não era o meu melhor amigo. Ele não conseguia me entender só com o olhar. Não sabia o que eu ia dizer antes mesmo de eu abrir a boca.

O mais estranho era que meu coração não dava a mínima para isso. Eu estava apaixonada a ponto de topar gastar o resto dos meus dias tentando mostrar o quanto nós poderíamos ser felizes um ao lado do outro. Nunca acreditei nessa coisa de alma gêmea. Na vida real, nós nos adaptamos um ao outro, e a vontade de estar junto é que define se somos ou não perfeitos para alguém. Simples assim.

Ainda estávamos em silêncio quando o trem parou. Havia uma espécie de relógio digital pendurado no teto, que servia para mostrar precisamente o tempo que faltava para o próximo embarque. No Brasil não era assim, então aquilo passou totalmente despercebido quando usei o metrô no dia anterior.

Henrique era um ótimo guia e fazia questão de explicar detalhadamente as principais diferenças que ele havia notado entre os dois países desde que se mudou para lá. Por exemplo, os franceses geralmente eram muito educados e pacientes em público. Faziam questão de esperar que os outros passageiros saíssem do metrô para só então começarem a embarcar. Eu não estava nem um pouco acostumada a isso. Em São Paulo, principalmente no horário de pico, é um empurra-empurra danado.

Quando ouvi o sinal avisando que a porta ia se fechar, nós já estávamos sentados.

– Vamos começar pela Catedral de Notre-Dame – ele disse, pegando um papel amassado do bolso. – É uma igreja bem bonita, programa obrigatório para qualquer turista.

– É a que aparece quando a mãe da Amélie morre, certo? – completei.
– Exato. Ela é uma das mais antigas catedrais francesas. Muitas pessoas a conhecem graças ao livro *O Corcunda de Notre-Dame*, de Victor Hugo.
– Acho que já assisti a um filme com esse título.
– Sim. Fizeram muitas adaptações. Existe até versão animada da Disney – ele explicou, sorrindo.
– Que legal! Tudo nesta cidade é incrível e tem uma história para contar. Acho que uma semana não vai ser o suficiente para conhecer muita coisa.
– Olha, eu estou aqui há anos e ainda não conheço.
Nós rimos, e então ele fez sinal de que era para a gente descer na próxima estação.
O metrô não era nem um pouco aconchegante, mas o vento frio com que me deparei quando comecei a subir a escada rolante da estação me fez querer voltar correndo. Também me fez querer pedir mais um abraço para o Henrique.
Não fiz nenhuma das duas coisas, lógico.
A catedral era de fato muito impressionante. Olhando de pertinho os detalhes entalhados nas pedras e colunas, consegui entender melhor o que era uma construção gótica. Henrique me explicou que a cidade havia começado ali, naquele local, ao redor da catedral. A primeira pedra da sua construção foi colocada em 1163 na presença do papa da época, Alexandre III. O nome "Notre-Dame" (Nossa Senhora) foi dado em devoção à Virgem Maria.
Em poucos minutos fiz fotos incríveis, inclusive no interior, maravilhoso, com os vitrais coloridos pintando os raios solares que entravam. Ficamos um pouco lá dentro, e como o roteiro era bem extenso, preferimos seguir logo para o próximo destino.
Eu estava muito feliz por estar ali com o Henrique, e ainda por cima fazendo algo que eu simplesmente amava: fotografar. Tão feliz que senti uma baita vontade de contar para o Joel. Eu tinha certeza de que ele ia amar as fotos. E que a campanha da agência seria um sucesso.

***

No filme, uma das manias, digamos, peculiares de Amélie era ir até o canal Saint-Martin, um afluente do Rio Sena, e jogar pedrinhas observando-as ricochetearem na água. Fomos de metrô até a estação mais próxima de lá. Quando chegamos, havia um grupo de turistas fotografando da ponte, então preferimos esperar para que eu pudesse fazer minhas fotos sem nenhum figurante indesejado.

As margens do canal eram ladeadas por árvores, praças e calçadões. Eu não me senti exatamente como a personagem porque era inverno e havia pouquíssimas folhas nas árvores. Não era o verde que predominava, mas sim o cinza dos galhos e o bege das construções. Mesmo assim a vista não deixava de ser incrível.

Procuramos por algum banco livre para que pudéssemos nos sentar e descansar um pouco. Para chegar até o canal, tivemos de caminhar bastante, e a bota que eu decidi usar naquele dia não era a mais confortável do mundo.

***

Depois, seguimos para a Pont D'Alma, local em que a princesa Diana morreu. Em uma das cenas do filme, Amélie, já adulta, se assusta com a notícia da morte da princesa de Gales e derruba a tampa de um perfume, que bate em um azulejo do banheiro, que cai. Dentro do pequeno buraco que se abre na parede, a personagem encontra uma caixa, que muda sua vida por completo.

Enquanto caminhávamos, comecei a pensar e cheguei à conclusão de que talvez o blog tenha sido uma espécie de caixinha misteriosa na minha vida também. Depois que entrei naquela página pela primeira vez após tantos anos, as coisas nunca mais foram do mesmo jeito. Fora de mim mas, principalmente, dentro. O blog e as consequências das minhas novas escolhas acabaram me mostrando um amor que me passou despercebido quase a vida inteira. Mas então o amor estava me transformando aos poucos.

***

Depois de almoçar e visitar a ponte, voltamos para a estação de metrô, fizemos algumas baldeações e finalmente chegamos até o bairro de Montmartre, lugar em que se passa grande parte do filme e as cenas de que mais gosto.

Enquanto caminhávamos por aquelas ruas estreitas, o sol começava a se despedir. Henrique me contou que o bairro tinha um contexto histórico muito interessante. Por ser o ponto mais alto da capital francesa, cidade bastante plana, muita vezes Montmartre serviu de local estratégico para comandos militares.

Eu estava achando aquilo realmente fascinante. A inteligência do Henrique fazia com que minha admiração aumentasse a cada segundo. O mais incrível é que ele não era daqueles caras arrogantes que se gabam por saber das coisas. Ele explicava e fazia tudo parecer muito simples. As datas, os nomes (ele pronunciava com um francês perfeito!) e todo o resto.

Meu coração acelerou (mais do que já estava acelerado por estar ao lado do Henrique) quando vi, no ponto mais alto da colina, a famosa basílica branca de Sacre-Coeur. Aquele se tornou instantaneamente o meu segundo lugar preferido na cidade. Havia uma escada enorme e um carrossel, exatamente como no filme.

Na cena, Amélie pede para Nino (o cara por quem ela se apaixona) encontrá-la no Carrossel de Montmartre, que fica perto da escadaria. Lá de cima, do mirante da basílica, ele a vê com seu álbum de fotos perdido nas mãos e então tenta segui-la, sem sucesso. Àquela altura, ele ainda não sabia quem era aquela garota misteriosa.

Exatamente como o Henrique não sabia quem eu realmente era.

Eu estava tirando mais uma foto do carrossel quando o Henrique gritou meu nome. Olhei em volta, mas não consegui encontrá-lo. Havia muitas pessoas na rua. Crianças correndo, vendedores de quadros anunciando seus produtos e um grupo de idosos em uma provável excursão. Ele gritou mais uma vez, ainda mais alto, e só então eu consegui localizá-lo do outro lado, perto de um pequeno bicicletário. Ele balançou a cabeça, como que me desafiando. Eu estava longe demais para conseguir enxergar, mas tenho certeza de que o Henrique mordeu o cantinho dos lábios. Pelo menos era assim que ele costumava fazer quando implicava comigo nos velhos tempos.

Guardei a câmera na bolsa e me dei conta de que minha mão direita estava meio engordurada por causa dos crepes que comemos minutos antes. Era impossível resistir aos crepes vendidos nas ruas de Paris. Enquanto atravessava a rua tentei limpar, disfarçadamente, na barra do vestido. Exatamente como minha mãe sempre odiou que eu fizesse.

Quando cheguei do outro lado da rua, ele já estava passando o cartão de crédito no guichê eletrônico do bicicletário. Reparei que só havia uma bicicleta disponível, e aquilo fez meu estômago revirar. A última cena do filme era exatamente assim: Nino e Amélie andando pelo bairro em uma só bicicleta.

Comecei a pensar em um monte de coisas, lembrando e analisando mentalmente cada conversa que tivemos durante a tarde. Eu queria encontrar algum sinal de que ele gostava pelo menos um pouquinho de mim, mas com ele era muito difícil separar gentileza de flerte. Havia algo em sua essência que me agradava muito: Henrique estava sempre sorrindo, e olhava diretamente nos meus olhos.

Sim, ele ainda olhava nos meus olhos o tempo todo.

Aquilo me deixava em pânico. Eu sou uma pessoa tímida. Além do mais, tenho miopia e astigmatismo. Geralmente não gosto que as pessoas fiquem me encarando assim. Não me sinto confortável. É como se estivessem tentando ler meus pensamentos. Mas com ele era diferente. Era assustador, mas eu sentia um medo bom. Para falar a verdade, eu queria muito que ele tivesse algum tipo de superpoder para realmente conseguir ler meus pensamentos. Então eu o olhava de volta. Fixamente. Se aquilo fosse uma espécie de pista, ele precisava saber que eu tinha entendido o recado.

    Henrique subiu primeiro na bicicleta e, então, olhou mais uma vez para mim com aquele olhar desafiador. Eu sabia! A clássica mordida nos lábios.

    – Vamos dar uma volta? Alguém me disse que queria viver a experiência de Amélie completa. Então, nesta próxima cena, serei o Nino. – E ele ficou sério.

    Meu corpo ficou bambo, bambinho da silva, mas antes que eu pudesse dizer ou fazer alguma coisa, ele segurou minhas mãos. E aí sorrimos um para o outro. Eu estava de vestido e meia-calça, mas aquilo não me pareceu um problema quando eu imaginei meu rosto coladinho no dele.

    Ajeitei o cabelo com as pontas dos dedos e depois segurei bem firme minha bolsa, para me certificar de que minha câmera estaria segura, e sentei atrás do Henrique. Não era nem um pouco confortável, mas aquele era o único lugar do mundo em que o meu corpo gostaria de estar naquele momento. Junto dele.

    – Posso ir? – Henrique sussurrou, virando o pescoço meio de lado.

    Deslizei minhas mãos pela cintura dele e segurei firme. Assim, tão perto, percebi que sua roupa tinha cheiro de algum aromatizante de armário. Fazia bastante frio, mas a culpa de meu corpo inteiro estar arrepiado não era da temperatura. Respirei fundo e tentei me acalmar. Se as coisas continuassem daquele jeito, eu certamente teria um treco antes mesmo de a bicicleta sair do lugar.

    E ela saiu exatamente naquele instante.

    Nós estávamos em silêncio, mas eu não conseguia parar de sorrir nem por um segundo. Ele estava de costas para mim, mas me pareceu, pela contração dos músculos do rosto, que ele sorria também. Era de um jeito tímido. Os olhos estavam espremidos pelas bochechas, mas os lábios continuavam escondendo os dentes. Como se ele lutasse para não demonstrar o que estava sentindo.

É uma pena, mas eu não me lembro de como eram as ruas pelas quais passei naquele passeio de bicicleta. O vento movimentava os fios do meu cabelo, e eu adorava essa sensação. É tudo o que me lembro. E se isso era pouco, é porque eu estava concentrada demais nele.

As coisas perdem um pouco da importância quando você está ao lado de quem ama.

Não consigo descrever o passeio, mas eu posso descrever o Henrique. Cada centímetro do corpo dele.

Ele continuava com a mesma aparência de menino, mesmo com a barba por fazer e aquele ar de maturidade que se confirmava cada vez que ele abria a boca para falar e explicar alguma coisa. Digamos que era uma versão um pouco mais séria do "meu" Henrique. Ou talvez ele só estivesse um pouco envergonhado.

Acho que não existem homens totalmente tímidos. Existem caras que não se sentem à vontade em qualquer lugar, ou perto de qualquer pessoa. Eles geralmente são mais inseguros que os outros, se vestem ou se comportam de um jeito diferente, mas quando a gente se torna uma dessas pessoas especiais, todo e qualquer esforço se justifica. Eles são sensíveis e nos entendem.

Henrique era exatamente assim. Por isso, pouquíssimas pessoas tiveram a oportunidade de conhecê-lo como eu o conheci. E eu me sentia muito sortuda por isso. Pode parecer egoísmo falar assim, mas a vida tende a ser um pouco menos assustadora quando você tem certeza de que alguém pensa em você, se importa com você.

Eu só não sabia que ele pensava *daquele* jeito.

De repente, o Henrique começou a pedalar mais rápido. O frio na minha barriga aumentou, e aquilo me fez segurar em sua cintura ainda mais forte.

– Tá com medo, é? – ele perguntou.
– De cair? – respondi encostando meu rosto devagarzinho na nuca dele.
– É.
– Eu tô é com medo de outra coisa.
E então nós ficamos em silêncio mais uma vez.

***

Aquele momento mágico chegou ao fim, e começamos nosso caminho de volta. Paramos ainda em um café e comemos, já que era noite e ainda não havíamos jantado. Mostrei para o Henrique a lembrança que eu havia comprado para minha mãe ali em Montmartre, assim que chegamos, horas antes.

Saindo de lá, andamos até a estação de metrô mais próxima e entramos. Lá, fomos surpreendidos por um pequeno grupo de músicos tocando e cantando "Maybe I'm Amazed", de Paul McCartney. Nós só estávamos de passagem, era tarde, e não queríamos perder o último trem, mas decidimos parar, porque aquela canção não era uma daquelas que você consegue simplesmente ouvir, ignorar e sair andando. Eu precisava ficar lá e ouvir até o final. Assim como o Henrique.

Estávamos os dois em pé, um ao lado do outro, dentro da estação, olhando os músicos tocarem. Henrique estava bem ao meu lado, a poucos centímetros de distância. Eu pensei em balançar minha mão "sem querer" para encostar de levinho na dele, mas não fiz isso, me senti uma adolescente imatura e inexperiente quando imaginei a cena.

Eu conseguia enxergá-lo sem virar o rosto, e sem que ele percebesse que eu estava olhando. Henrique parecia muito envolvido com a música, só que eu não sabia se era por causa da letra, como eu, ou pela melodia. Ele era professor de música, não era? Podia simplesmente estar analisando o trabalho dos caras, sei lá.

"Maybe I'm a man and maybe I'm a lonely man
Who's in the middle of something
That he doesn't really understand
Maybe I'm a man and maybe you're the only woman
Who could ever help me
Baby, won't you help me understand?"*

    Eu não sei por que eu me boicotava tanto. Em um minuto criei pelo menos vinte teorias diferentes para me convencer de que, afinal, ele não estava a fim de mim, e que jamais se apaixonaria por uma garota que acabou de conhecer.

    Porque eu era apenas isso. Uma garota que ele havia acabado de conhecer.

    E um cara como ele deve conhecer muitas garotas. Mais bonitas. Mais engraçadas. Mais inteligentes. Mais bem-sucedidas. Garotas que pelo menos moram na mesma cidade que ele.

    Quando olhei para o lado de novo, ainda sem virar a cabeça, ele estava olhando para mim. Sim. Ele estava me encarando. De um jeito que me fez virar a cabeça e encará-lo também.

    Naquele momento, o Henrique se aproximou de mim e, com a ponta dos dedos, colocou alguns dos fios da minha franja para o lado, como se eles estivessem atrapalhando alguma coisa.

    – Você é tão bonita... – Ele começou a acariciar o meu rosto. – Eu não sei o quão assustador isso vai parecer, mas eu vou dizer assim mesmo. E eu não aguento mais esperar para falar. Eu sonhei com você antes de te conhecer. Não com uma garota bacana como você, sabe? Com *você* mesmo.

    Eu olhei sem entender direito.

    – Não que você não seja uma garota incrível...

    E então ele começou a se atrapalhar ainda mais com as palavras, provando para mim e para o universo que o Henrique desajeitado jamais deixaria de existir. Ele continuou.

---

* Talvez eu seja um homem, e talvez um homem solitário, / Que está no meio de alguma coisa / Que ele realmente não entende. / Talvez eu seja um homem e talvez você seja a única mulher / Que possa me ajudar. / Baby, você vai me ajudar a entender?

— Sabe, Anita, comecei a ter um mesmo sonho há algumas semanas. Bem antes de você enviar aquela solicitação de amizade no Facebook — Ele respirou fundo. — No meu sonho, uma mulher exatamente igual a você estava sentada em um banco com o olhar distante, observando a vista. Era uma cidade grande, mas não consegui identificar exatamente qual. Talvez São Paulo. Eu me aproximei dela e tentei conversar. Perguntei seu nome, mas ela não me escutava. Era como se sua mente estivesse em outro lugar. Eu cheguei a sentar no banco também, bem ao lado dela. Segurei suas mãos por alguns segundos. Não sei explicar direito, mas nessa hora eu senti uma coisa estranha no peito. Uma saudade misturada com solidão. Um calafrio. Como se tivessem tentando tirar alguma coisa de mim. Espero que você não me ache um maluco depois de ouvir isso, mas, de uma hora para outra, a tal mulher, você, começou a desaparecer no meu sonho. E então eu acordei. Quando vi sua foto dias depois, no Facebook, achei que estivesse ficando louco. Aí finalmente conversamos, e eu descobri que nós estudamos na mesma faculdade, em Juiz de Fora. Fiquei achando que era coisa do meu subconsciente, sabe? Que eu te vi nos corredores e acabei guardando seu rosto. Mas o sonho continuou acontecendo. Toda noite. Eu juro! Eu achei que estava ficando louco, porque eu não conseguia entender o que aquilo queria dizer. E depois de cada sonho, pela manhã, o vazio continuava em mim. E aí eu decidi que seria mais fácil não falar mais com você e esquecer de uma vez toda aquela maluquice. Até porque você morava em outro país.

Eu não sabia explicar direito o que eu estava sentindo nessa hora. As palavras que ele me disse ainda estavam dançando na minha mente. Dançando no mesmo ritmo da música no metrô.

— Você me acharia um maníaco se eu te contasse tudo isso antes, pela internet, né? Eu vasculhei cada uma de suas fotos. Pesquisei tudo sobre você. Eu estava obcecado. — Henrique falava muito seriamente olhando no fundo dos meus olhos, e eu estava hipnotizada por suas palavras.

Senti meu coração arder. Eu não sei se estava realmente pronta para ouvir tudo aquilo de uma vez, sabe? Minhas pernas ficaram bambas e senti meus olhos lacrimejarem. Ele continuou.

– Quando você me contou que viria para Paris, meu coração se encheu de esperanças, pois finalmente eu conheceria a mulher do banco da praça. A mulher dos meus sonhos.

Ele segurou minha cintura com a mão direita e puxou meu corpo para mais perto.

– Eu nem sei direito o que eu estou sentindo, só sei que é forte. E eu não quero te assustar – ele sussurrou no meu ouvido. – Eu nunca vi uma mulher com tantas cores.

– Você não está me assustando – eu respondi.

E então nos beijamos pela primeira vez.

Foi um beijo intenso e demorado. Olho no olho, fora de foco. Como se tivéssemos esperado a vida toda por aquilo. Como se todos os outros beijos que demos antes daquele dia fossem apenas um ensaio. Não vou mentir que aquela foi a primeira vez em que meus lábios tocaram os lábios de alguém que eu realmente tinha a certeza de amar. Isso é algo que muda tudo, porque quando nosso corpo experimenta tal sensação, essa sintonia única de corpo, alma e sentimentos, ele nunca mais se contenta com menos.

Meus dedos se fecharam nos cabelos dele, apertando ainda mais seu corpo contra o meu. Eu estava na ponta dos pés quando deslizei minhas mãos até sua nuca e pressionei as unhas carinhosamente, arranhando bem devagarzinho seu pescoço. Nessa hora ele deu um sorrisinho e mordeu meu lábio inferior.

– Quantas vezes mais eu preciso quebrar meu coração para ele se encaixar no seu? – perguntei, ainda com os olhos fechados.

– Nenhuma – ele respondeu baixinho no meu ouvido.

E nos beijamos de novo. E mais uma vez.

Epílogo

De quanto tempo você precisa
para não precisar mais de tempo algum?

Eu queria ficar ali com o Henrique para sempre. Queria que pudéssemos ficar apenas nos beijando, como se nada mais existisse, como se nada mais importasse. Acho que, quando a gente gosta de alguém, estar ao lado dessa pessoa parece ser o bastante para o resto da nossa vida. Era assim que eu me sentia. Porém, era muito tarde, e realmente precisávamos voltar antes que os trens daquela linha parassem de circular e nós tivéssemos de pagar um absurdo por uma de corrida táxi.

Henrique olhou para mim, passou seu braço pelas minhas costas e fomos para a plataforma esperar o metrô chegar. Enquanto o trem não vinha, instintivamente coloquei a mão na minha bolsa para conferir se estava tudo ali comigo, como tinha mania de fazer. E dei falta do pacote com o presente para minha mãe.

– O que foi, Anita? – Henrique perguntou enquanto eu revirava minha bolsa, procurando e remexendo tudo o que estava ali dentro. Parecia vazia demais.

– Poxa vida! Não estou achando o pacote da minha mãe...
– Que pacote?
– Aquele que eu mostrei a você enquanto jantávamos... Ai, já sei... Devo ter esquecido no café! Droga! E agora? Será

que dá tempo de voltar lá correndo e pegar? Eles devem ter guardado, né? Não sei se vou encontrar mais desses por aí.

– Anita, acho que não dá tempo... Mas deixa eu perguntar para alguém se é mesmo o último metrô. Quem sabe dá tempo de voltarmos lá...

Henrique se afastou um pouco e foi na direção do painel na parede, tentando decifrar as letras minúsculas com os horários das linhas. Logo vi que ele havia achado um funcionário do metrô e eles estavam conversando em francês.

Enquanto eu me debatia sem saber o que fazer, vi parar bem na minha frente um senhor de idade. Supus que estivesse também esperando o trem, junto com algumas outras poucas pessoas, na plataforma. Porém, quando olhei para o rosto dele, entrei em choque. Eu já tinha visto aquele homem. Eu conhecia aquela fisionomia. Seria possível? Meu espanto ficou maior ainda quando ele começou a falar comigo – em português...

– Olá, mocinha! Desculpe a indiscrição, mas eu não pude deixar de escutar o que você acabou de dizer para aquele rapaz. Olhe, eu não sei se deveria falar isso agora, não sei se você precisa descobrir certas coisas sozinha, mas, se eu pudesse dar a você um conselho, certamente seria para organizar e alinhar suas prioridades. Quanto antes você fizer isso, mais cedo chegará aonde sonha.

Um vento forte começou a balançar minha roupa, e um barulho quase insuportável parecia aumentar a cada segundo. Mas o senhor continuou a falar.

– O último trem está vindo, e você vai arriscar perdê-lo mais uma vez?

Notei que havia um anel em sua mão esquerda, o que me fez ter certeza de já tê-lo visto antes. Ele então sorriu de um jeito tímido, sem mostrar os dentes, e continuou andando no sentido oposto ao que veio, com passos curtos e lentos. Eu me virei para o Henrique, que estava voltando e, aparentemente, não tinha percebido o acontecido.

– Meu Deus! É o mesmo senhor do museu... da praça... do parque...

No mesmo instante, o trem chegou, fazendo um barulho ainda maior e abafando o som da minha voz. Notei que o Henrique perguntou alguma coisa, mas sua voz sumia, e eu só via sua boca mexer:

– O quê?

O metrô parou e entramos no vagão. Eu ainda olhei para todos os lados, dentro e fora, na plataforma, mas aquele senhor havia sumido.

***

Chegamos ao hotel, até onde o Henrique me acompanhou, e nos despedimos com um beijo demorado. Ele me prometeu que o dia seguinte seria ainda mais fantástico. Subi até o quarto e me joguei na cama. Comecei a olhar para o teto e a pensar, ainda no escuro. Eu estava perdida, sem saber direito o que pensar, mas, pela primeira vez em trinta anos, eu senti como se realmente estivesse vivendo minha vida de verdade.

O cheiro dele ainda estava na minha roupa, e aquilo me fazia voltar ao momento do nosso primeiro beijo a todo instante. A relação do blog com os sonhos do Henrique e todas as outras coisas ainda eram um mistério para mim, assim como aquele súbito aparecimento do mesmo senhor que eu havia visto no Brasil, na praça. O que aquilo queria dizer e o que faríamos depois, quando a vida nos obrigasse a fazer escolhas e a lidar com as consequências delas, eu ainda não sabia. Mas, naquele momento, eu não precisava mais pensar. Era só manter meus olhos fechados e me lembrar do gosto doce da boca do Henrique.

Naquele dia, eu me dei conta de que o que torna uma pessoa interessante não é só a beleza ou a maneira como ela se veste ou as músicas que escuta secretamente no fone de ouvido. Não é a cor das unhas ou o cargo que ocupa no trabalho. Não é como ela se comporta nas redes sociais ou o quanto bebe durante uma festa. Não é o jeito que trata seus familiares ou o tamanho da barba. Não é o formato dos dedos ou o perfume que usa. Não é o número de línguas que fala fluentemente ou as piadas que conta e sabe de cor. Não é o beijo ou a capacidade de guardar segredos. Não é a lealdade ou a textura e o comprimento do cabelo. Não é a cor dos olhos ou as promessas feitas com eles antes de dormir. Não é a família que possui ou o jeito que boceja e espirra. Não é o país em que mora ou o jeito em que aparece na nossa vida. Não é o quanto está disponível ou o quanto a gente se identifica com ela. Não é isso nem aquilo. Brincadeira. É sim. Só que quase.

O que torna alguém especial, na verdade, é o conjunto formado por essas coisas todas. É uma espécie de combinação secreta que, às vezes, sem querer, ou sem a gente perceber, abre a nossa mente e o nosso coração de um jeito que alguém nunca havia feito antes. E então, por bem, ou para o bem, tudo se transforma.

Um barulho estranho interrompeu meus pensamentos.

Virei a cabeça para a direita, tentando descobrir de onde vinha, e olhei para a escrivaninha. Meu notebook ainda estava aberto. De repente, uma tela azul apareceu e iluminou parte do quarto. Meu coração acelerou, e eu fechei os olhos com toda a força.

POR FAVOR, AGORA NÃO!!!

Este livro foi composto com tipografia Electra e impresso
em papel Pólen Bold 90 g/m² na Sermograf.